2022 黑龙江省社会科学
学术著作出版资助项目

当代东北文学的满—通古斯文化书写研究

刘春玲 / 著

知识产权出版社
全国百佳图书出版单位
—北京—

图书在版编目（CIP）数据

当代东北文学的满—通古斯文化书写研究 / 刘春玲著 . —北京：知识产权出版社，2023.1
ISBN 978–7–5130–8522–9

Ⅰ.①当… Ⅱ.①刘… Ⅲ.①地方文学—文学研究—东北地区—当代②萨满教—宗教文化—研究—东北地区 Ⅳ.① I209.93 ② B933

中国版本图书馆 CIP 数据核字（2022）第 250387 号

内容提要

本书在对满—通古斯文化与东北当代文学创作进行系统性研究的基础上，论述当代东北文学对满—通古斯文化的传承及后者所蕴含的当代价值、道德观念与功能，探究当代东北文学中满—通古斯文化的价值取向和审美内涵，以期在文学领域内构筑起一座满—通古斯文化与现代文化之间的桥梁，从而实现对当代东北文学更全面而中肯的评价。

本书可供文学领域研究者阅读，也适合热爱文学和满—通古斯文化的广大读者阅读。

责任编辑：高　源　　　　　　责任印制：孙婷婷

当代东北文学的满—通古斯文化书写研究
DANGDAI DONGBEI WENXUE DE MAN—TONGGUSI WENHUA SHUXIE YANJIU
刘春玲　著

出版发行	知识产权出版社有限责任公司	网　　址	http://www.ipph.cn
电　　话	010–82004826		http://www.laichushu.com
社　　址	北京市海淀区气象路 50 号院	邮　　编	100081
责编电话	010–82000860 转 8701	责编邮箱	laichushu@cnipr.com
发行电话	010–82000860 转 8101	发行传真	010–82000893
印　　刷	北京中献拓方科技发展有限公司	经　　销	新华书店、各大网上书店及相关专业书店
开　　本	787mm×1000mm　1/32	印　　张	7.375
版　　次	2023 年 1 月第 1 版	印　　次	2023 年 1 月第 1 次印刷
字　　数	160 千字	定　　价	58.00 元

ISBN 978–7–5130–8522–9

出版权专有　侵权必究
如有印装质量问题，本社负责调换。

前言

习近平总书记在党的十九大报告中强调,"文化是一个国家、一个民族的灵魂。文化兴国运兴,文化强民族强。没有高度的文化自信,没有文化的繁荣兴盛,就没有中华民族伟大复兴"。中国特色社会主义文化,源自中华民族五千多年文明历史所孕育的中华优秀传统文化。满—通古斯文化是世居我国东北地区的满—通古斯语族(包括鄂温克族、鄂伦春族、满族、赫哲族和锡伯族)在漫长的历史进程中劳动和智慧的结晶,同时也是中华优秀传统文化宝库中一颗璀璨的明珠。另外,"一带一路"倡议的提出,使连接东北亚的我国东北地区成了不可忽视的关键地区,满—通古斯文化作为该地区地域文化的主要组成部分必将承担起与域外文化沟通交流的重担。因此,保护和传承满—通古斯文化、诠释其在不同历史时期的文化生命力、展示其在新时代崭新的文化面貌,对于实现广泛传播中华民族的优秀传统文化、与世界文化进行深度沟通交流,以及维护中华民族文化多样性具有深远的历史意义和现实价值。文化与文学的关系是无法分割的,文学能够凸显文化中所蕴含的文明精华和精神品质，而文学的发展也要受到作家所处地域文化的影响。在文化寻根思潮的影响下，当代东北作家对满—通古斯文化的文学重构和价值塑造不但传承了民族文化根脉，而且努力使传统文化中的先进元素蝶变为适应现代发展需要的文化力量，为中国当代文学注入了新元素。

满—通古斯语族为阿尔泰语系三大语族之一，是横跨欧亚大陆的世界性民族，主要分布在中国、俄罗斯、蒙古国和日本等国。在语言方面，满—通古斯语族除了与蒙古语、突厥语有着密切关系外，还与日本语、朝鲜语，以及美国和加拿大等地的爱斯基摩语、因纽特语、印第安语等有着千丝万缕的联系。满—通古斯语族是至今仍较完好保存着人类早期社会诸多古老文明和特殊形态结构的民族，并在中国历史和人类文明发展史上留下了鲜明的印记。因而，满—通古斯文化研究越来越引人注目，已成为国际学术研究热点。

自20世纪开始，中国、日本、美国、韩国、俄罗斯、加拿大、芬兰、葡萄牙等国的学者们从语言学、民族学、人类学、历史学、社会学、宗教学、民俗学等不同学科角度对满—通古斯语族的语言文字、民族文学、历史文化、社会经济、宗教信仰、风俗习惯等进行了广泛深入的探讨和研究，关于满族语言文化研究的书籍已经出版800多部，同时还出版了百余部有关满—通古斯语族其他民族语言文化研究的书籍，并创办了《满语研究》《满族研究》《阿尔泰学报》

（韩国）、《满族学刊》（美国）等学术刊物。进入 20 世纪 90 年代后，满—通古斯文化学术交流在国际范围内更加频繁、更加丰富，在中国、日本、美国、德国、韩国等都举办过相关的学术研讨会。例如，1996 年于中国哈尔滨举办的"满—通古斯语言文化学术研讨会"、2000 年于中国海拉尔举办的"首届国际通古斯语言义化学术研讨会"、2000 年在德国波恩召开的"第一届国际满—通古斯学大会"等。在国际学术交流的推动下，研究者打破了原有的学科界限，对满—通古斯语言与历史文化、满—通古斯语言文化与相关民族语言文化比较、满—通古斯语言文化与人类学等课题进行多层面、多方位的跨学科综合研究，将满—通古斯文化研究推向新的高度与广阔的空间。

经过几代国内外专家学者的不懈努力，满—通古斯文化的研究内容不断深入，研究领域也逐渐拓宽，尤其是近 30 多年来取得了突破性进展，主要涉及满—通古斯语言基础理论研究、满—通古斯语言口语调查研究、满—通古斯语言与文化研究、满文文献研究与应用、满—通古斯语言文化与相关民族语言文化比较研究等。研究成果主要有以下四个方面：一是出版了一批有很高学术价值的专著，如民族语言学家朝克的《满通古斯语族语言词源研究》《满通古斯语族语言研究史论》和《满通古斯语族语言词汇比较》等，对满—通古斯语族语言的词源关系、研究发展的历史、基本词汇的系统比较作了全面整理和研究，代表了本学术领域的前沿水平；❶其他如赵阿平的《满—通古斯语言与文化研究》、唐戈的《满—通古斯语言与文学宗教研究》、汪立珍的《满通古斯诸民族民间文学研究》，以及日本学者池上二良的《满洲语研究》和久保智之的《锡伯语（满洲语口语）的音韵学考察》等。二是发表了一系列研究论文，如《21世纪满通古斯语言文化研究的新发展》❷指出满通古斯语言文化研究是一门综合性研究学科，其发展需要与诸多相关学科密切联系、交叉渗透；其他如《中国满—通古斯语言文化研究及发展》❸《中国满通古斯神话研究 70 年》❹《中国满通古斯语族语言文字研究 70 年》❺等。三是成立了多个研究机构。20 世纪 80 年代，中国社会科学院成立了民族研究所满—通古斯语研究组；黑龙江大学满族语言文化研究中心于 1999 年依托黑龙江省满语研究所（1983 年成立）组建成立（2019 年更名为"黑龙江大学满学研究院"）；吉林师范大学、东北师范大学、中央民族大学、东北大学秦皇岛分院于 2000 年、2008 年、2009 年和 2016 年相继成立的满族文化研究所、满语言文化研究中心、满—通古斯语言研究会、中国满学研究院等研究机构已成为满—

---

❶ 哈申格日乐. 论朝克满通古斯语族语言研究三部书的学术价值 [J]. 满族研究，2015（4）：100–105.

❷ 赵阿平，杨惠滨. 21 世纪满通古斯语言文化研究的新发展 [J]. 满语研究，2001（2）：3–11.

❸ 赵阿平. 中国满—通古斯语言文化研究及发展 [J]. 满语研究，2004（2）：5–10.

❹ 王宪昭. 中国满通古斯神话研究 70 年 [J]. 满语研究，2019（2）：94–102.

❺ 朝克. 中国满通古斯语族语言文字研究 70 年 [J]. 满语研究，2019（2）：26–30.

| 前 言 |

通古斯文化研究与实践的桥梁和纽带。四是多个项目获得国家社科基金资助，如2016年度国家社会科学基金一般项目"满—通古斯语族民族文学资料整理与研究"（项目编号：16BZW180）、2018年度国家社会科学基金重大项目"中国满—通古斯语言语料数据库建设及研究"（项目编号：18ZD300）、2018年度国家社会科学基金项目"鄂伦春族民间故事研究"（项目批准号：18BZW176）、2020年度国家社会科学基金青年项目"类型学视野下的濒危鄂伦春语形态句法研究"（项目编号：20CYY044）等。

  学者们从语言学、文献学、历史学、民族学及认知学等学科的角度，多层面、全方位地对满-通古斯学科进行了综合探讨和比较研究，全面展示了满—通古斯学各领域的最新研究成果，并提出了许多新见解和新的研究方法。关于文化研究方面，俄国著名民族学家史禄国（S.M. Shirokogoroff）的《通古斯人的心智丛》是研究满—通古斯文化的代表文化——萨满文化的里程碑式著作，指出满—通古斯语族萨满的产生是个人生理—心理条件和社会文化相互作用的结果，并开创了在历史—功能的语境中对通古斯文化进行理解和说明的范例。黑龙江大学满学研究院赵阿平教授的《满—通古斯学与人类学研究》❶认为，满—通古斯学研究具有重要的人类学价值，一方面体现在该族群至今仍保存着人类早期文明的诸多形态和特性，另一方面体现在该族群关系的独特性和扩散性，体现在他们历史来

---

❶ 赵阿平. 满—通古斯学与人类学研究 [C]// 文化多样性与当代世界，2006：184-190.

源的复杂性和悠久性,以及他们文化习俗的丰富性与相通性。牡丹江师范学院王丙珍博士在《满通古斯语族诸民族口述文学的生态审美意识》❶中认为,满—通古斯语族诸民族口述文学承载着生态审美意识与文化记忆。关注其民族生态审美意识的民族性、日常生活性、本真性与地域性,可强化文化记忆,达成民族认同、生态认同、文化认同与跨文化认同。

20世纪80年代,中国文学界在经历了伤痕文学思潮、反思文学思潮和现代主义的文艺思潮后,文学创作又转向了民族文化传统,开始重新探究、理解和评价传统文化和少数民族文化的价值,从而形成了文化寻根的文学思潮,寻根文学在这种思想文化氛围下顺势而生。那么,寻根文学中所说的"根"是指什么呢?针对这个疑问,鲁枢元教授给出了比较客观的答案:"以我的理解,'寻根文学'是以文学创作探寻文学以及中国社会生活中已经久久失去的'文化之根'。"❷因此,可以理解为寻根文学实质是写文化。从狭义的角度来看,这里的文化应该强调的是伴随作家成长的文化结构,即作家的故乡地域文化。正如寻根文学作家郑万隆所言,"每一个作家都应该开凿自己脚下的'文化岩层'"❸。作为东北地域文化核心组成部分的

---

❶ 王丙珍. 满通古斯语族诸民族口述文学的生态审美意识[J]. 满语研究,2018(2):107–111.

❷ 鲁枢元. 从"寻根文学"到"文学寻根"—略谈文学的文化之根与自然之根[J]. 文艺争鸣,2014(11):20.

❸ 郑万隆. 我的根[J]. 上海文学,1985(5):44.

前言

满—通古斯文化，在当代依然展示出古老文化的勃然生机，于豪迈粗犷中突出奋斗不止的精神指归，并在民族文化叙写中通过文化重构来建立自己的文化支点，从而进一步拓展文化审美空间，表现出厚重的民族文化特征。茅盾在《文学与人生》里也谈道："不是在某种环境之下的，必不能写出那种环境；在那种环境之下的，必不能跳出了那种环境，去描写别种来。"❶毫无疑问，满—通古斯文化为当代东北文学提供了源源不断的创作原型和深层心理资源，而当代东北文学也凭借自身的文化属性和非常理念，不同于以往的文学创作范式写作，通过满—通古斯文化书写牵引出一条独辟蹊径的创作思路。

在借鉴满—通古斯文化研究成果的基础上，近年来学术界开始对满—通古斯文化和现当代东北文学的关联性进行了研究，特别是针对满—通古斯文化中的代表文化——萨满文化已经成为研究的热点的背景，提出了以下学术观点：一是深入到文化心理、审美取向层面挖掘现当代东北文学地域文化特征的本源是萨满教文化；二是建构了萨满教文化影响现当代东北文学的基本框架；三是阐述了现当代东北文学在不同历史时期对萨满教文化的不同文化判断和精神选择。

著名寻根作家韩少功指出："文学有'根'，文学之'根'应深植于民族文化传统的土壤里，根不深，则叶难茂。"❷由于东北是满—

---

❶ 刘强.《平凡的世界》对陕北文化形象的传播与建构 [J]. 今传媒，2015（9）：134.
❷ 韩少功. 文学的"根" [J]. 作家，1985（4）：25.

通古斯语族的世居之地，且地处儒家文化圈的边缘地带，在漫长的历史进程中满—通古斯文化成了东北地域文化的核心组成部分，从而满—通古斯文化在当代东北文学研究中日益凸显出重要的价值和意义。目前，学术界的研究热点集中在满—通古斯文化的代表性文化—萨满文化与现当代东北文学的关联性方面，虽然取得诸多成就，获得重大发展及突破性成果，但仍存在一些问题，主要是未能建立起满—通古斯文化与当代东北文学创作的整体性联系及进行相关系统性研究。因此，本书在对满—通古斯文化与东北当代文学创作进行系统性研究的基础上，论述当代东北文学对满—通古斯文化的传承及所蕴含的当代价值、道德观念及其功能；对满—通古斯文化艺术与当代东北文学创作展开研究，在注重对当代东北文学中的满—通古斯文化进行整体性的梳理和归纳的基础上，探讨满—通古斯文化对当代东北文学创作的影响，探究当代东北文学中满—通古斯文化的价值取向和审美内涵，以期全面解读满—通古斯文化蕴含的当代价值和精神意蕴，在文学领域内构筑起一座满—通古斯文化与现代文化之间的桥梁，从而实现对当代东北文学更全面而中肯的评价。

满—通古斯文化是东北地域文化的核心组成部分，当代东北文学的发生和发展都秉承着东北地域文化的特性、气质和风格，并凸显出浓郁的满—通古斯文化和精神特质。当代东北文学中满—通古斯文化书写的发生和发展有着厚重的文化渊源，它是满—通古斯语

前言

族传统文化和当代文化伦理碰撞交融的结果,并且在文学艺术构思、情节叙事艺术、文化审美意识等方面都体现出特有的文化价值和文学意义。因此,通过对当代东北文学中满—通古斯文化的传承、重构、再塑、传播的研究,原生态地在文学视域内展现满—通古斯文化固有的民族特点和文化魅力,并对满—通古斯文化所蕴含的当代价值进行积极的探索,具有很高的学术价值。首先,可以进一步探索当代东北文学中蕴含的地域文化价值,从而能够系统、深入地研究满—通古斯文化对当代东北文学的影响,充分挖掘当代东北文学中宗教学、民族学、民俗学、文化学和人类学的价值。其次,可以拓展地域文化研究的视野,丰富当代东北文学研究的多维格局。目前,我国满—通古斯文化研究主要有田野调查、文献考证等研究方法和途径,较少从文学视角进行研究,当代东北文学的载体作用也没有得到关注。文学载体中的满—通古斯文化和历史文献记录的满—通古斯文化不同,经过作家的凝练和重构后具有文化代表性和精神审美特质,虽然经过艺术加工但仍然是研究满—通古斯文化的宝贵文化资源。最后,全面梳理当代东北文学中满—通古斯文化的文化观、自然观、生命观等,可探索当代东北文学蕴含的满—通古斯文化对当下人文精神、和谐社会建构及生态文明的积极意义。满—通古斯文化中人与自然和谐共处的文化基因,对协调人与自然的关系、人与人的关系及树立生态意识都有积极的作用。

除此之外,满—通古斯文化艺术与东北文学创作研究还具有一定的应用价值,一是可以彰显东北丰厚的文化资源和人文底蕴,繁荣现当代东北文学的文艺创作和文学批评,为推动当代东北文学和东北文化立足于中华文化之林带来积极的影响;二是以满—通古斯文化对当代东北文学的影响问题为切入口,追根溯源,填补东北文学地域文化学术价值研究的新思维;三是得到国家有关部门对满—通古斯文化遗产抢救与研究的高度重视,加大力度支持相关工作的开展,加快建立濒危语言文化生态保护区、濒危语言文化生存和发展区域、濒危语言文化保护示范区等,使民族语言的文化生态得到最大限度的保护和保持。

目录

第一章　满—通古斯语族传统文化艺术 ……………………………… 1
 第一节　浓墨重彩的音乐文化艺术 …………………………… 3
 第二节　流光溢彩的舞蹈文化艺术 …………………………… 12
 第三节　雕章缛彩的曲艺文化艺术 …………………………… 15
 第四节　绚丽多彩的造型文化艺术 …………………………… 18
 第五节　奇光异彩的宗教文化艺术 …………………………… 29

第二章　满—通古斯文化与东北文学 ……………………………… 43
 第一节　东北文学对满—通古斯文化的矛盾心理 ………… 45
 第二节　满—通古斯文化对东北文学的文化建构 ………… 53
 第三节　满—通古斯文化对东北文学的创作影响 ………… 58
 第四节　东北文学对满—通古斯文化的精神重塑 ………… 63

第三章　当代东北文学对满—通古斯文化书写的重构 …………… 69
 第一节　满—通古斯文化书写的兴起 ………………………… 72

第二节　传统文化的浸染与升华······76
　　第三节　生态观念的彰显和启迪······80
　　第四节　民族记忆的嵌入与重构······85
　　第五节　汉族作家的认同与书写······88

第四章　当代东北文学中阿尔泰语系作家的萨满文化书写······95
　　第一节　文化的记忆与阐释······98
　　第二节　文学的认知与传播······103

第五章　多样化思潮与当代东北文学的满—通古斯文化书写······109
　　第一节　新时期多样化思潮复苏了非现实性
　　　　　　民族文化书写······111
　　第二节　西方魔幻现实主义激活了非现实性
　　　　　　民族文化意识······115
　　第三节　21世纪东北文学改变了非现实性
　　　　　　民族文化书写维度······118

第六章　迟子建的满—通古斯文化书写······121
　　第一节　满—通古斯文化与迟子建小说······123
　　第二节　满—通古斯语族禁忌文化书写······145
　　第三节　满—通古斯语族萨满神歌书写······161

目录

第四节 满—通古斯语族鄂温克族的神话书写……………180

第五节 满—通古斯语族民族史的诗化书写……………192

第六节 满—通古斯语族萨满神异行为书写……………207

后　记……………………………………………………217

第一章

满—通古斯语族传统文化艺术

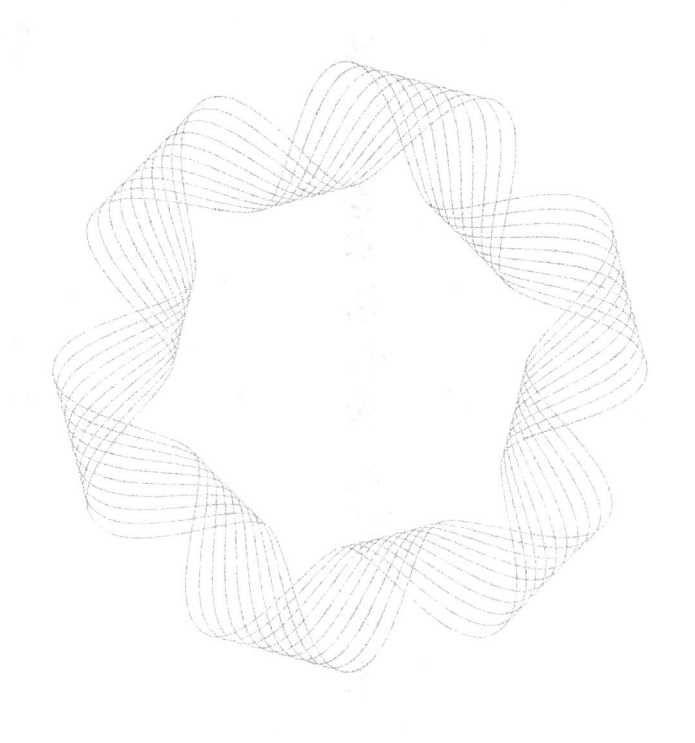

第一章 满—通古斯语族传统文化艺术

东北地大物博，江河纵横，森林遍布，山地连绵，是满—通古斯语族的满族、锡伯族、赫哲族、鄂温克族、鄂伦春族繁衍生息的世居之地。由于生产力、生存环境及外部文化的影响，在漫长的民族发展进程中满—通古斯语族的民族文化处于非均衡、参差错落式的发展状态。伴随着民族文化的兴衰演变，满—通古斯语族的音乐、歌舞等艺术文化呈现了不尽相同的发展态势，同时构建了满—通古斯语族绚丽多彩的艺术文化世界，而且同中原地区的文化交流和交融自古以来从没有过中断。

第一节 浓墨重彩的音乐文化艺术

根据满—通古斯语族音乐艺术的发展脉络，可以清晰地看到其首先经历了将歌舞和乐器伴奏融为一体的诸如萨满教乐舞的乐舞阶段。然后，随着满—通古斯文学的逐渐形成和发展，满—通古斯语族先民基于文学创作，将说唱和戏曲融入乐舞中，形成了具有内容主旨和角色设计的满—通古斯语族音乐歌舞艺术雏形。从民族的发展史来看，满—通古斯语族诸民族的形成时间较晚且社会生产力的发展状况具有很大的差异。据《满族简史》记载，满族是努尔哈赤于16世纪后期以建州女真为核心吸收其他族群而形成的，部分散落在边陲地区的女真部落未能进入满族共同体，其逐渐形成了鄂温克、鄂伦春、赫哲等民族。❶ 毫无疑问,对于社会生产力发展较快的满族,其音乐艺术较其他满—通古斯语族诸民族朴素单一的发展状态而言具有领先优势,并表现出了一定的先进性。由于满—通古斯语族大多从游牧或者渔猎的原始部落发展而来,其音乐歌舞艺术中保留了较多的人类发展初期的劳动生活场景,从而表现出了豪迈质朴、不拘一格、节奏简约的艺术风格和特征,体现了满—通古斯语族诸民族粗犷豪放的民族性格。从满—通古斯语族音乐歌舞艺术发展状况的整体情况来看,虽然诸民族分化时期较晚,发展的程度具有很大的差异,但是其发展脉络依然是清晰可循的。由于较为原始的生活方式一直伴随着满—通古斯语族诸民族的发展,因此其音乐歌舞艺术反映的主要是满—通古斯语族的社会生活和宗教活动,突出了生动质朴的艺术特点。

音乐是人类进行思想交流和感情沟通的重要载体。在悠久的民族发展过程中,满—通古斯语族先民们不断地从生产和生活中汲取艺术灵感,创作出了众多具有鲜明时代风格和民族特色的传统民歌。在满—通古斯语族中,地处边陲的鄂伦春族、鄂温克族和赫哲族的生产力发展较为滞后,其民歌中大规模地保留了反映原始渔猎生活的歌词和歌谣,并以口传心授的方法世代传承。例如,反映鄂伦春族世代从事狩猎生产活动的猎歌、赫哲族世代从事捕鱼生产活动的渔歌,表达了他们对自然界的由衷赞美和自由豪迈之情。

---

❶ 贾原.鄂伦春与东北古民族的族源关系 [J].前沿,2008(3):166-167.

第一章 满—通古斯语族传统文化艺术

满—通古斯语族民歌的体裁众多，曲调短小，结构整齐，具有浓厚的民族色彩。在满—通古斯语族中，地处边陲的鄂伦春族、鄂温克族、赫哲族三个民族在民歌艺术上表现出很多相同之处。大小兴安岭的森林哺育了鄂伦春族，在漫长的原始狩猎生活中形成了曲调种类繁多、风格多样的民歌艺术，突出的特点是触景生情后即兴编曲，所唱歌词也是随编随唱。通常将鄂伦春族的民歌划分为山歌小调和歌舞曲两类体裁。鄂伦春族的山歌小调类民歌被称为"赞达仁"，分为无词和有词两种形式，是反映猎人在狩猎中的心理感受及收获多少后的不同心情，如《打到猎物再快乐》中唱道：

你邀我唱歌，

我心里不快活，

打不到猎物，

哪有心唱歌。

打到了猎物，

我们再欢乐，

到时候可别怕，

我的歌儿多。❶

鄂伦春族代表性的民歌有《赞达仁》《打猎归来》《出色的歌手》《黄骠马的乳汁》等。歌舞曲类民歌被称为"吕日格仁"，特点是"一

---

❶ 李艳杰. 鄂伦春族古老的歌"赞达仁"[J]. 音乐创作，2014（7）：143.

领众和""即兴编词",表现了鄂伦春族的和谐美满和劳动智慧。总体而言,虽然鄂伦春族民歌保留了大量在原始狩猎时期形成的粗犷豪放音调,但这使其民歌更凸显了鲜明的鄂伦春族特色。

鄂温克族的民歌被称为"扎恩达勒格",有一个区别于其他民族民歌的显著特征,就是"呐哟哟"和"哲为哲辉冷"两支曲子是其所有民歌的共同曲牌,代表性民歌有《猎歌》《金色的雅鲁河》《骑驯鹿》《大雁湖》《母鹿之歌》等。❶

赫哲族的民歌被总称为"嫁令阔",其有别于其他满—通古斯语族民歌的显著特征是"男女分腔,互不混唱",多采用独唱或者对唱的演唱形式,传唱度较高的有《乌苏里船歌》《狩猎的哥哥回来了》《回想起从前的生活》《河边情歌》《我的家乡多美好》等。

满族人民在漫长的历史进程和社会生产生活中,逐步形成了能够体现本民族文化、内容绚丽多彩的满族民歌。满族民歌的发展与满族的历史进程密不可分,原来的满族音乐呈现出类似鄂伦春族民歌古朴单纯的特征。但是,自清朝以后,满族开始主动吸收汉族文化来进行满汉文化的融合,这对满族民歌的发展也产生了重要的影响。目前,学者将满族民歌划分为三种形态:一是用满语演唱,保留着古老满族传统音乐艺术特色的满族民歌,如《烧太平香神歌》《跳饽饽神》《拉网歌》《悠摇车》《换索调》等;二是用汉语演唱满族的音调,这是满汉文化融合过渡时间的满族民歌,如《挑起了扁

---

❶ 汤洋.鄂温克族民间艺术探析[J].黑龙江民族丛刊,2016(3):137–142.

担去应征》《摇篮曲》等；三是用汉语演唱已经汉化了的满族民歌，如《铁血军歌》《太平年》等。❶

锡伯族民歌虽然在曲式的结构上大多由比较简单的单乐段构成，但是其最大的特点是拥有众多种类的调式，可以分为渔猎歌、田野歌、儿歌等多种形式，代表性民歌有《打猎歌》《亚奇娜》《迁徙歌》等。

古老的萨满教是满—通古斯语族诸民族先民们信奉的集自然崇拜、图腾崇拜、祖先崇拜于一体的原始宗教，萨满是能够与神灵进行沟通的人。萨满神歌是满—通古斯语族萨满在主持萨满教各种宗教活动及消灾弭祸、婚丧事宜、驱邪去病等仪式时吟唱的各种神词。❷ 满—通古斯语族的萨满神歌内容丰富，一些神词多为先民创作的口承文学或萨满即兴而作，体裁接近民歌体的诗歌，可念可诵可唱，体现出古朴沧桑的艺术特征。根据萨满唱诵的仪式可以将萨满神歌分为《治病神歌》《招魂神歌》《驱魔神歌》《春风神歌》《送魂神歌》和《请神歌》等。

鄂伦春族在每年的农历三月要举办春祭大典向神灵祈福，并迎接新年的到来。萨满要在春祭大典上诵唱《春风神歌》：

我用四平头的鹿茸做我的梯子，

登上天空进入我的神位，

---

❶ 孙佐东. 东北满族民歌音乐形态与演唱研究 [D]. 长春：东北师范大学，2018：210.
❷ 汪立珍. 鄂温克族萨满神歌的文化价值 [J]. 满语研究，2000（1）：92-97.

我叫谢恩，是人间的祖神，

到天空又变成春风神，

请用香味弥漫的"阿叉"（爬山松）熏我的神位，

使我变成了高尚的神。

我站在空中看人间，

我说声：可爱的人间！

我要用双手向人间撒满金子，

用双手向人间撒满银子，

用双手把成群的犴赶到主人旁边，

用双手把成群的鹿赶到主人附近，

用双手把成群的紫貂送到主人手中，

让我的主人得到春天般的温暖幸福。❶

神词除表现鄂伦春族人对美好生活的向往和追求外，还突出了神的娱人功能，并充分凸显萨满教人本主义思想的文化特质。在赫哲族的"撂档子"（丧葬仪式）中，萨满要唱诵《送魂神歌》：

奥任（灵魂），

可怜的奥任，

神灵保护着你。

在阔力和神箭的指引下，

把你送到布尼（冥府）。

---

❶ 刘春玲.迟子建文学研究[M].长春：吉林大学出版社，2013：61.

第一章 满—通古斯语族传统文化艺术

你放心地去吧,

不要留恋家里,

你的孩子给你斟酒,

你高高兴兴地喝吧,

喝完坐上十五条狗拉的拖拉气(雪橇),

顺顺当当地去布尼,

平平安安地去布尼。❶

神词体现了满—通古斯语族先民"灵魂不死、灵魂永存"的萨满教灵魂观。由此可见,满—通古斯语族萨满神歌不但彰显了萨满教的信仰观念,还充分体现出神歌的民族性、功能性及内容的质朴性。在鄂温克族的请神仪式中,萨满要吟唱《请神歌》:

敲起我的神鼓,

神灯已经点明,

唱起我的祷词,

献祭的黄脖子羊,

在我女儿家里,

摆在盘里供祭,

祭祀我的神灵,

祈请我的诸神灵,

香柱已经燃着,

---

❶ 孟慧英.赫哲族的萨满歌[J].黑龙江民族丛刊,1995(3):72.

降临来享用我的祭品。❶

　　神词表达了鄂温克族萨满对神灵的虔诚心态。萨满神歌曾经是满—通古斯语族开展宗教活动和祭祀不可或缺的元素,是民族和宗教文化的特殊载体,与满—通古斯语族的民歌相比,具有重要的社会价值和人文价值。如今萨满教已经成为历史,要客观认识萨满神歌的历史地位及其历史、文化、社会和音乐价值,努力挖掘和发扬其所蕴涵的积极文化因子,并赋予其新的艺术生命,以激发萨满神歌新的艺术潜力,并努力适应新时代的文化需求。

　　满—通古斯先民们在狩猎和歌舞中,为了模仿猎物的声音诱捕猎物或彼此互相联络,以及增强歌舞的韵律,发挥其艺术天赋创造了许多独具特色的民族乐器。这些乐器的产生与发展与满—通古斯语族的文明进程息息相关,同时对其音乐艺术的繁荣与创新也起着决定性的作用。由于满—通古斯语族源于同一个祖先,因而满—通古斯语族诸民族的传统乐器在种类上大体相同,按演奏方式主要划分为吹奏类、打击或摇击类两大类。满—通古斯语族的打击或摇击类乐器主要源于萨满教的祭祀和萨满所从事的宗教活动,最具有代表性的乐器是鼓类和腰铃。但是,由于各民族的发展轨迹略有不同,从而导致满—通古斯语族诸民族在传统乐器领域仍然具有各自独特的民族特点。

　　满族流传最为广泛的传统乐器类别是打击类乐器,如萨满进行

---

❶　汪立珍.鄂温克族萨满神歌的文化价值 [J].满语研究,2000(1):92.

宗教活动时使用的伴奏乐器八角鼓、抓鼓、大抬鼓、扎板、幌铃等。而满族现存的吹奏类乐器只有深受满族妇女喜爱的"墨克纳"（口弦琴）。❶ 锡伯族和满族之间有着复杂的历史渊源，其语言和满语相近，在 20 世纪 40 年代以前，锡伯族主要使用满文进行文字表达和交流。因此，锡伯族的打击类乐器和满族相同，并大多被应用于宗教仪式中。除此之外，锡伯族常用的传统乐器还有"费察克"（苇笛）和"墨克纳"（口弦琴）。赫哲族的传统乐器主要有抓鼓和"木康吉"（口弦琴）两种，抓鼓主要用于萨满教的宗教活动。鄂伦春族的传统乐器主要有"文图文"（抓鼓）、"乌力安"（鹿哨）、"皮卡兰"（狍哨）和"朋奴化"（口弦琴）等，其中鹿哨和狍哨能够模仿多种动物的声音，兼具生产工具和乐器双重功能，这是满—通古斯语族吹奏类乐器别具匠心之处。❷ 鄂温克族的传统乐器主要有"温图"（抓鼓）、鹿哨和"崩龙刻"（口弦琴）等。

满—通古斯语族传统乐器历史悠久，具有自然性及民族化的特点。中华人民共和国成立后，国家非常重视满—通古斯语族的艺术文化事业，民族乐器也得到了前所未有的发展。2002 年，居住在内蒙古鄂温克族自治旗的鄂温克族青年杜拉尔和平通过研究鄂温克族音乐艺术及走访大批鄂温克族的民间艺人，创作出了"诺仁卡琴"

---

❶ 许双毅.浅谈满—通古斯语族传统乐器及其民间音乐特点[J].大舞台，2012（11）：268–269.
❷ 汤洋.黑龙江流域少数民族的艺术文化[J].黑龙江民族丛刊，2019（3）：122–129.

（三弦拉奏琴）、"奥茸琴"（五弦弹拨琴）和"鄂温克族牛角"（吹奏乐器）三种鄂温克族民族乐器，有力地推动了满—通古斯语族传统乐器的创新和发展，为促进民族乐器逐渐走入现代音乐领域做出了一定的贡献。

第二节 流光溢彩的舞蹈文化艺术

满—通古斯语族诸民族的舞蹈艺术在内容上保留了较多满—通古斯语族先民在原始条件下劳动和生活的场景，曲调质朴豪爽，节奏强烈鲜明，旋律简洁明快，动作铿锵有力，风格刚健豪壮，主要反映先民们所从事的游牧、狩猎、捕鱼、采集、迁徙等生产生活活动及其图腾崇拜等古代哲学思想，呈现出生活即舞蹈的鲜明原始舞蹈的艺术特征，对我国民族音乐文化的传承与创新起到了积极的推动作用。

在远古时期，为了满足生活娱乐的需求，满—通古斯语族先民借鉴了大量的游牧、渔猎等生产动作，在此基础上逐渐形成了具有满—通古斯语族文化特色的民族舞蹈，并在民族发展的历史过程中保持创新和完善。对于满—通古斯语族传统舞蹈而言，其劳动和生活歌舞是目前我国现存最为原始的音乐舞蹈艺术。

随着时间的推移，满—通古斯语族诸民族渔猎等传统的生产生活方式业已变成历史,但是反映其先民劳动和生活的舞蹈则被完整地传承下来。保存着鄂伦春族原始和古朴风格的阿玛仁(黑熊搏斗舞)充分体现了其先民在生活中的图腾崇拜思想。在鄂伦春族先民的思想里,他们与熊具有血缘关系,因此将熊视为本民族的图腾。阿玛仁没有音乐为其伴奏,舞蹈动作非常简单,通过模仿熊的动作,将双手置于膝盖上,然后身体前倾、双腿跳跃,节拍为单字"吼"和双字"哈姆"两种。❶除了阿玛仁以外,鄂伦春族的代表性舞蹈还有围着篝火跳的额乎兰、德乎兰(篝火舞),反映孩子嬉戏的树鸡舞,反映庆贺丰年的依哈嫩舞及反映采集活动的采红果舞等。与鄂伦春族类似,鄂温克族同样能歌善舞,人们在日常生活和各种喜庆的场合都会用舞蹈来表达自己的情怀。长期的狩猎和游牧生活,使鄂温克族的舞蹈动作体现了狩猎型和游牧型的双重特征,表现出遒劲、粗犷的特点,代表性舞蹈有表达喜悦心情的努日给勒舞,反映天鹅崇拜的罕日切舞(天鹅舞),反映妇女礼仪的阿芽舞,反映生产方式的狩猎舞等。

　　从发生学的观点来看,舞蹈的起源与原始宗教密不可分。宗教信仰促进了舞蹈的出现与发展,而舞蹈则成了宗教哲学思想的主要表现形式。满—通古斯语族诸民族自古以来就信仰萨满教,并在萨满教宗教典礼的逐渐形成过程中,将原为烘托氛围的娱乐性舞蹈演变成了祭祀典礼中不可或缺的部分。在祭祀、驱邪、祛病等萨满教

---

❶ 高向英.跳起来吧!在森林草原之间[J].中国民族,2009(8):45–47.

的各类宗教活动中，萨满通过萨满舞蹈来与神灵进行沟通交流，萨满在舞蹈的过程中通过各种舞蹈动作表现动物的形态，并通过即兴吟唱的神歌和肢体动作将神灵的神谕传达给世人。

满—通古斯语族诸民族的萨满舞蹈在形式上大体相同，舞蹈时萨满穿着用兽骨、兽牙装饰的神衣，腰间挂着很多铜铃，手持既是法器又是伴奏乐器的单鼓，头上戴着鹿角帽、熊头帽或其他装饰的帽子，模拟各种动物的形态载歌载舞，以动作和神歌传达神谕，以眼神表达神的意志。满族的萨满歌舞按照祭祀功能可以分为室内祭祀和野外祭祀两类，室内祭祀主要是祭祀祖先，野外祭祀主要是祭祀山川，舞蹈过程中采用独唱、领唱及对唱等吟唱神歌的方式。鄂温克族、鄂伦春族、赫哲族的萨满除举行宗教仪式外，在为人治病、驱魔、送魂及祭祀等具体的神事活动中也要击鼓、吟唱并伴以萨满舞蹈。

满—通古斯语族的萨满舞蹈源于萨满教的宗教活动，在漫长的发展过程中表现出了示意性、野性、民众性、模拟性和痴迷性的形态特征，反映了宗教信仰的原始性、历史传承的悠久性和文化意蕴的民族性的文化特征。❶ 萨满舞蹈的动作粗犷、形式质朴，通过效仿自然形态和动物的声音习性，表现出神气贯通的状态，从而达到纵情无我的境界。但是，随着社会发展的变迁和科学文化的普及，满—通古斯语族的萨满教作为一种文化现象已经逐渐成为历史遗迹，而其伴生的萨满舞蹈现今已演变成反映满—通古斯语族原始图腾崇

---

❶ 赵然. 萨满舞蹈的特征探究 [D]. 长春：吉林艺术学院，2017：11-20.

拜和万物有灵观念的民族特色舞蹈，并已成为满—通古斯语族艺术文化的重要组成部分。

第三节 雕章缛彩的曲艺文化艺术

曲艺艺术是满—通古斯语族民族历史和民间文学的特殊艺术承载介质，是满—通古斯语族先民们在其深厚的民族文化底蕴基础上历经千锤百炼而创造出来的民族艺术瑰宝，并使其民族史诗等口承文学得以完美地流传至后世，成为我国民族艺术文化宝库中的一颗璀璨明珠和黑龙江省艺术文化的重要组成部分。从古至今，曲艺艺术不但丰富了满—通古斯语族人民的精神生活，而且成为其颂德咏功、弘扬正义、砥砺前行、怡然自乐和抒发情感的一种方式。

在漫长的历史岁月中，满—通古斯语族中的赫哲族和鄂伦春族在其特有的传统文化基础上，在东北边陲孕育出了"伊玛堪"和"摩苏昆"两种说唱类曲艺形式，二者被誉为民族艺术宝库中的珍宝，并于2006年被国务院列入了第一批"国家级非物质文化遗产保护名录"，其中被誉为"北部亚洲原始语言艺术的活化石"的"伊玛堪"于2011年被联合国教科文组织列入了"急需保护的非物质文化遗产名录"。[1]

"伊玛堪"是赫哲族先民们在神话、传说、民歌等口承文学的基

---

[1] 周虹池.黑龙江少数民族说唱艺术综合研究[J].黑龙江民族丛刊，2019（5）：122-128.

础上创造出来的一种口传心授、世代传承的说唱艺术形式，是赫哲族先民集体智慧的结晶，全程均由一人采取"无乐伴奏、说主唱辅、说事唱情"的演艺模式，说唱内容多数以喜闻乐见的莫日根故事为主题。根据故事情节、角色塑造、叙事方式可以将"伊玛堪"曲目分为英雄故事型、传奇故事型和生活故事型三种类型。英雄故事型通常由主角身世、修得萨满神通、义结金兰、婚姻、遭难、苦斗、庆祝胜利作为故事情节主线而创构出该类"伊玛堪"曲目的英雄母题，情节中会涉及萨满神歌及萨满教的宗教仪式，表现出浓厚的满—通古斯文化特征，被称为"伊玛堪大唱"，是最为古老的"伊玛堪"曲目，如《木竹林莫日根》《满斗莫日根》《马尔托莫日根》《香叟莫日根》等。传奇故事型脱离了英雄故事型的英雄母题叙事艺术，其内容情节源于神话传说故事或部落战争等历史传说，将历史性与传奇性有机结合在一起，主要刻画普通民众英雄行为的传奇性故事，如《一新萨满》《葛门主格格》等。生活故事型大多取材于平凡的日常生活故事，且篇幅较短，被称为"伊玛堪小唱"。该类曲目主角基本上来自普通民众，没有具体的叙事模式，主要是描述赫哲族的民风民俗，如《反抗》《街津妈妈》《漂亮妹妹》等。❶

"摩苏昆"是鄂伦春族在久远的狩猎生产生活中创造出来的具有民族特色的一种曲艺说书形式，是反映其民族历史和文化的百科全书。"摩苏昆"的艺术表现形式与伊玛堪相同，也是说一段、唱一段，

---

❶ 参见徐熳."伊玛堪"说唱音乐探析[D].北京：中央民族大学，2007：34-35.

说说唱唱地把故事讲完，不需要乐器伴奏。"摩苏昆"大致可以分为英雄故事、神话传说和社会生活故事三大类，但主要以讲唱英雄故事为主，主要作品有《英雄格帕欠》《鹿的传说》《诺努兰》《双飞鸟的传说》等。❶

满语中的"朱春"，也被称为"朱赤温"，汉语的意思是戏剧。因此，"朱春戏"被称为满族戏，是深受东北满族人民喜爱的集说唱文学、歌舞演唱为一体的满族民间戏剧表演艺术。史书对于"朱春戏"的源流没有明确的历史记载，也未见文献收录其原始剧作。虽然"朱春戏"的起源众说纷纭，但是学界一致认为其在清朝康熙至乾隆年间达到了鼎盛时期。清朝时期，"朱春戏"的演出范围主要集中在满族聚居的东北及华北北部地区，在黑龙江分布尤为广泛，如五常、阿城、瑷珲、孙吴等地。在清朝康乾至嘉庆时期，黑龙江的"朱春戏"曾多次应邀前往承德避暑山庄等地同徽剧等成熟的汉族戏曲同台为皇帝演出，表明其当时的艺术价值获得了戏剧领域同行的认可，并已经发展成为当时东北重要的民间戏剧艺术形式。"朱春戏"的演出形式分为"小戏"和"大戏"两种，"小戏"只有丑角和俊角两种角色，而"大戏"则有生、旦、净、末、丑多种角色。演出类型主要有还愿戏、唱喜乐堂会戏、唱分会戏和走乡串村四种，戏剧语言多为满语，采用满族曲调和曲韵。后来由于满族语言和生活习俗发生变迁，加之"朱春戏"仍采用由"朱赛春"（演员）口传心授的方

---

❶ 吴迪．鄂伦春族说唱音乐"摩苏昆"的考察与研究 [D]．延边：延边大学，2011：21–22．

式世代传承，从而导致"朱春戏"后继无人，在清朝末年开始衰落。尤其是在伪满洲国统治东北时期，由于日伪禁止集会及对民族文化的打压，在20世纪30年代末"朱春戏"已逐渐消失，现在人们知道的剧目主要有《祭神歌》《胡独鹿达汗》《济尔图勒格达汗》《虎头牌》等。[1]

"朱春戏"虽然于1949年前在东北已经销声匿迹，退出了历史舞台，但是20世纪60年代初，满族戏剧研究者在抢救濒临失传的满族说唱艺术八角鼓、整理和挖掘满族音乐艺术的基础上，在现在的吉林省松原市创建了一个新的满族戏曲剧种"新城戏"，先后创作了如《箭帕缘》《红罗女》《铁血女真》《洪皓》等系列的新型满族戏剧。"新城戏"在满族传统戏剧"朱春戏"消亡以后，成为活跃在东北地区的新型满族戏，不但传承了满族传统的艺术文化，而且将其与当代文化进行了整合，在我国众多的剧种中脱颖而出，传承和弘扬了满—通古斯语族的艺术文化，具有重要的文化价值和现实意义。

第四节 绚丽多彩的造型文化艺术

满—通古斯语族在民间造型艺术方面表现出了非常高超的艺术天赋，尤其是在洋溢着东北边陲区域文化特色和民族特征的鱼皮艺

---

[1] 张福海. 一个消失了的满族剧种——关于满族"朱春"的研究[J]. 曲学，2017（5）：41-52.

术、桦皮艺术、兽皮艺术、剪纸艺术等方面匠心独具，艺术创意和艺术成就令人叹为观止。其在凸显满—通古斯语族强大艺术生命力和高超艺术表现力的同时，也反映出渔猎民族特有的文化内涵和审美特质。满—通古斯语族民间造型艺术从总体而言，主要是以反映渔猎民族自身的民族文化为主，同时也兼具了部分游牧民族的草原文化特征，充分体现出渔猎民族的艺术文化创造力和融合力，是中国民间艺术宝库中的瑰宝和世界艺术宝库中的珍品。

　　鱼皮艺术是赫哲族将鱼皮经过艺术加工而创造出能够满足人们物质和精神需要的独特民间工艺艺术，已于2006年入选我国第一批国家级非物质文化遗产名录。由于恶劣的生存环境和匮乏的生产物资，在棉布传入之前赫哲族只能从采集、捕鱼和狩猎等生产活动中获取必需的生产生活资料，因此"赫哲人的衣服，夏用鱼皮，冬用兽皮制成"❶。在此基础上，赫哲族还发明了多种鱼皮制作技艺，并创造出各式各样的鱼皮工艺品，形成了以纹饰、服饰和工艺为核心的鱼皮艺术，使其成为传承赫哲族文化的重要介质和标志性的民族文化，并体现出满—通古斯文化鲜明的鱼皮、桦树皮和兽皮的"三皮文化"特征。

　　赫哲族的鱼皮服饰制作工艺主要由选鱼、剥制鱼皮、熟制鱼皮、裁剪、染色、缝制、图案艺术七部分组成，缝制鱼皮服饰的线采用鱼皮线、狍筋线和鹿筋线。绘制图案艺术的工艺是涂染、粘贴、缉

---

❶　凌纯声.松花江下游的赫哲族[M].北京：民族出版社，2012：80.

缝和包绣，图案多数采用云、水、鱼、螺旋等几何纹形，并以自然类和动物类为主。除鱼皮服饰以外，赫哲族还发明了鱼骨工艺、鱼皮画和鱼皮剪贴等造型艺术。在当前的生活条件下，赫哲族已经不再穿戴鱼皮制作的衣物，而是对传统的鱼皮艺术进行了传承与创新，为世人制作出各种各样的鱼皮工艺品来展现赫哲族的民风民俗、精神面貌及宗教信仰。《还魂萨满》是黑龙江省工艺美术大师、鱼皮制作技艺省级非物质文化遗产传承人刘升创作的鱼皮画，画长近3米，宽约1.5米，展示了赫哲族神话传说中的图景，画中有萨满、鸟类、森林和各种图腾，充满了原始而异质的气息。

　　桦皮艺术是一种将白桦树皮作为物质介质的艺术表现形式，曾经在满—通古斯语族的生产生活和艺术追求中发挥了至关重要的作用，至今仍然是满—通古斯语族物质文化的主要表现形式。除满—通古斯语族外，历史上生活在东北的古代鲜卑、契丹、女真及当代的达斡尔族等民族都经历过采用桦树皮来制作生产生活器皿的历史阶段，形成了我国东北特有的地域民族文化——桦树皮文化，并成为满—通古斯语族传统的"三皮"文化之一。概括而言，古老的桦皮艺术具有文字无法替代的启发性和形象性，能够生动地勾勒出满—通古斯语族原生态的生产生活环境，并展现出不同历史时期所蕴含的精神维度、社会变迁及其宗教信仰，从而彰显出蕴藏于其中的民族精神与文化内涵，以及特有的审美价值。

　　桦皮艺术出现的根本原因是满—通古斯语族在狩猎生产条件下

将桦皮的应用属性与自身需求结合起来,从而创造性地将桦树皮应用于生产、生活器皿的制备中。制作各类桦树皮器皿的首要前提是发挥其应用价值,然后再进一步追求器皿的审美价值。桦树皮具有防水、防腐、坚韧、防潮、防开裂等特点,制备出来的器皿轻便耐用、环境适应性良好并富有艺术美感。基于对桦树皮材料性能、制造工艺和审美观念的统一认识,桦树皮器皿集应用性和工艺性于一身,被广泛地用于满—通古斯语族的建筑、交通、日常生活等领域。

  鄂伦春族、鄂温克族、赫哲族采用树木、兽皮和桦树皮搭建的"撮罗子"用于居住,采用木头做骨架、外面包裹桦树皮制作的桦皮船捕鱼,采用桦树皮制作的鹿哨和狍哨进行生产,采用桦树皮制作的炕席、桶、笸箩、盒、簸箕、碗、匣子、盆、车棚、箱子、玩具、摇车等用于生活。鄂伦春族、鄂温克族、赫哲族桦皮器皿的装饰方法基本相同,通常为刻画纹、点刺纹和剔花纹三种装饰法,器皿上的纹样主要有动物类、象征类、借鉴类、植物类和各种几何纹类。除上述三种方法外,鄂伦春族还有一种将桦皮图案缝合在被装饰物品上的补花装饰方法,以此来营造出浮雕的感觉。此外,桦皮画也是满—通古斯语族古老的桦皮文化之一,鄂伦春族在传承和发扬传统桦皮画的基础上,集剪裁、雕刻、镂空、镶嵌、粘贴、着色等技法于一体,目前已形成桦皮镶嵌画、桦皮剪刻画和桦皮自然纹理画三种艺术形式,映射出了满—通古斯语族的民族特征、精神特质和人文特色。❶居住在黑龙江省呼玛县少数民族鄂伦春族聚居村白银纳村的鄂伦春族关桃芳创作了大量的桦皮画，画中原始粗犷的线条保存了鄂伦春族古朴稚拙的韵味。

鄂伦春族和鄂温克族是世居在大兴安岭密林深处的狩猎民族，常年从事原始狩猎和游牧的生产方式，这决定了先民只能利用丰富的兽皮、兽肉资源来满足衣食住行的需要，如采用驯鹿、犴、熊、狍子等动物皮毛来制作各种服饰、生活用品等。在漫长的历史发展过程中，先民们在创造出丰富多彩的兽皮文化的同时，随着审美意识和造型艺术装饰技艺的不断提高，通过拼缝、刺绣或镶嵌的技法制作各种图案和纹样来装饰兽皮制成的各种生活生产用品，从而出现了早期兽皮艺术品的雏形，形成了自己独特的艺术风格。但是，这些兽皮用品的实用价值要远高于其艺术欣赏价值。20世纪90年代初期，内蒙古呼伦贝尔市敖鲁古雅鄂温克民族乡的鄂温克族画家柳芭利用传统的镶嵌拼缝技艺创作出了第一幅反应鄂温克族生活场景的兽皮画。兽皮画的问世，标志着鄂温克族的兽皮艺术达到了其民族艺术历史上的新高度。柳芭去世前"共创作出四幅兽皮画，现存于世的有三幅，其中以驼鹿腿皮为主、驯鹿和马鹿皮为辅创作的兽皮画《奔鹿》最具有代表性"❷。《奔鹿》长120厘米，宽70厘米，画中奔跑的驼鹿姿态优美、造型独特，散发着浓郁的国画写意风

---

❶ 姜山. 鄂伦春桦皮艺术研究 [D]. 长春：吉林大学，2020：101-108.
❷ 宋仕华. 论敖鲁古雅鄂温克兽皮艺术的发展 [J]. 中国民族博览，2015（9）：214.

格和逼真的浮雕效果，具有很强的视觉冲击力，体现了柳芭极高的艺术造诣。柳芭采用兽皮创作的兽皮画，在其他北方狩猎民族中从来没有出现过，查找史料也没有记载。兽皮画是柳芭在鄂温克族传统文化艺术的基础上，借助自己对当代艺术的认知和领悟，将代表鄂温克族智慧和艺术结晶的传统兽皮文化与当代艺术完美地融合在一起。

2002年，兽皮画的创始人柳芭去世后，鄂温克族崭新的艺术形式兽皮画面临着后继无人的危机。三年之后，汉族女性宋仕华偶然看到了柳芭的兽皮画照片，被这种新兴的鄂温克族艺术形式散发的魅力深深吸引，当时就决定要学习创作兽皮画。于是，宋仕华走进了敖鲁古雅使鹿鄂温克人的大山学习鄂温克族传统的兽皮制作技艺，终于成为兽皮画这一宝贵的非物质文化遗产新的传承人，使鄂温克族兽皮画艺术得以继续传承与发展，并以艺术形式留存了一个民族的古老记忆。宋仕华已完成的大型兽皮画作品有《驯鹿》《林间小憩》《迁徙》《萨满》等，其中长达2.5米的作品《迁徙》是耗时4年多时间缝制的庞大的鄂温克族驯鹿迁徙场景作品。画面里，柳芭的母亲芭拉杰依身着长袍、头戴围巾牵着驯鹿走在前面，身后是驮着小孩、神像和妇女的成群驯鹿。山石河流及白桦林木清晰可见，层次分明又挥洒写意，一幅敖鲁古雅鄂温克人家族迁徙的宏大场景跃然而现。除了兽皮画创作外，宋仕华还发明了一种新的兽皮艺术形式——驯鹿皮毛剪刻画。驯鹿皮背部毛针的位置和毛色均有不同，驯鹿皮毛剪刻画就是利用整张驯鹿皮的这个特点，通过采用剪刀修剪不同部位毛针的尖部，利用修剪部分与没有修剪部分之间的色调差异，辅之毛皮本身自然过渡的色调，呈现出线条明快和写意的艺术风格，从而实现画面立体的凸现感，并表现出自然、质朴的特征，画面弥漫着浓郁的驯鹿文化气息，凸显了鄂温克族人特有的民族风情。

剪纸艺术是融图案、图形、纹样于一身的民间平面造型艺术。满—通古斯语族的剪纸艺术非常发达，在纸张还没有进入其日常生活时，人们已经开始采用皮、布、桦树皮等材质来展示非纸剪纸艺术，具有刀法古朴、造型粗犷、想象力丰富的艺术特征，如满族和锡伯族的布帛剪纸、鄂伦春族和鄂温克族的桦皮剪纸、赫哲族的鱼皮剪纸等，其中最有名气的是图案以动植物为主的鱼皮剪纸艺术。随着纸张在满—通古斯语族生活中的普及，剪纸艺术为满—通古斯语族非纸剪纸艺术的创新发展打下了技术基础，起到了良好的辅助作用。满—通古斯语族豪爽直率的民族性格造就了其非纸剪纸艺术造型夸张、风格大胆的表达方式，其造型边缘的装饰元素多以硬朗的直线为主、柔美的曲线为辅。

锡伯族的剪纸根据不同的表现内容和应用功能分为节庆礼仪、神灵崇拜、宗教活动和民风民俗四类，利用民族文化赋予的想象力与创造力，借助剪纸艺术表现出锡伯族人的宗教信仰、民风民俗及对美好生活的憧憬。满族是喜爱和擅长剪纸艺术的民族，主要有生活习俗、信仰崇拜、吉祥寓意、神话传说四种剪纸题材，并普遍使用单色、拼色、折叠、手撕、熏样等艺术手法。满族剪纸艺术在保持满—通古斯文化特质的基础上，又融合了汉族的剪纸艺术，使其剪纸艺术不但带有浓厚的民族特色，而且种类样式繁多，体现出历史纵深感。医巫闾山满族剪纸艺术家汪秀霞的作品《柳树妈妈》凸显了满族植物图腾崇拜，展现了与大自然充满亲缘情感的萨满世界。赫哲族在剪纸艺术中运用了较多的装饰图案，但很少采用纸张进行艺术创作，多数是在鱼皮、桦树皮、兽皮等非纸型薄物上进行"镂花艺术"般的剪刻雕镂，如《米阿塔》剪纸和《玛夫科》剪纸，这种艺术手法来源于其厚重的民族文化和独具匠心的民族审美。[1]鄂伦春族和鄂温克族在剪纸艺术上的发展方向大致相同，最具代表性的是非纸剪纸艺术，表现出了浓郁的狩猎文化特征和原始艺术特色。

位于东北边陲的大兴安岭是满—通古斯语族的发源地，满—通古斯语族的祖先在这里繁衍生息，创造出了绚丽多彩的满—通古斯文化和艺术。1974年和1975年，黑龙江省文物考古研究所的赵振才先生在当地鄂温克族向导的指引下，发现了交唠呵道岩画和阿娘尼岩画，依据岩画所反映的狩猎方式和生产方式等内容判断"大兴安岭两处岩画，当是古代室韦人的某些部落以及后来鄂温克族的某些狩猎和牧鹿人的艺术杰作"[2]，自此大兴安岭岩画开始走入人们的视野。关于岩画的民族归属问题，尽管目前学界的争议较大，但是

---

[1] 卢禹君. 浅谈赫哲族民间艺术 [J]. 艺术研究，2006（1）: 36-37.
[2] 庄鸿雁. 大兴安岭岩画的田野考察与文化考论 [J]. 黑龙江民族丛刊，2015（1）: 105.

世居于大兴安岭的满—通古斯语族诸民族在大兴安岭现存的岩画遗迹中都能探寻到与其物质文化和精神文化相似的文化特征,尤其是萨满岩画体现出了其浓郁的萨满教信仰观念。因此,无论大兴安岭的岩画"作者"是谁,可以肯定的是这些岩画的"作者"与满—通古斯语族在民族源流和文化传承上必定有着不可忽视的渊源。

大兴安岭岩画主要是采用红色颜料绘制的彩绘岩画,所采用的红色颜料据推测可能是以红色赭石为主颜料,但迄今为止还没有发现磨刻岩画。先民们在岩画的选址上体现了一个共同的特征,这些岩画大都绘制在周围带有平整空地、高耸的柱状岩石或者是带檐的陡壁上,如位于神指峰、天书岭及嘎仙洞处的岩画等。这表明先民们对绘制岩画地点的选择是经过精心挑选的,应是族群用来举行祭典仪式的圣地。在历史长河中,大兴安岭哺育了众多的民族,因此大兴安岭一直被这些民族视为灵山,先民们选择灵山中具有神性和灵性的灵石来绘制岩画,既有利于萨满与天地万物沟通,还可以借此表达对神灵的某种诉求。有时同一岩石表面可以观察到不同岩画图案相互叠加的现象,这表明应该是多次绘制所致,体现了先民们万物有灵观念下的岩石崇拜或灵石崇拜特征。

大兴安岭岩画还凸显了森林狩猎文化特征,在交唠呵道岩画、阿娘尼岩画等岩画中都出现了各种驯鹿形象的"养鹿岩画",以及狩猎活动场景的"狩猎岩画"。在交唠呵道岩画里共绘制了五只鹿、三个人和一只犬的形象,应该是反映先人们驯养鹿科动物的生产活动场面。不同于交唠呵道岩画，阿娘尼岩画中除鹿以外出现了更多的人物形象，应该表现的是先人们进行狩猎活动的场面，画中最下侧带有十字形的圆圈被认定为代表萨满鼓的艺术形象。这些岩画体现了以线造型的艺术手法，岩画中多采用十字纹、X形纹、圆点等符号通过单线条勾勒出人物和动物的各种形象。天书岭岩画中的多幅岩画大量出现了十字纹的符号，如一幅岩画中一个人物形象的上、左、右三侧都有一个十字纹的符号，经研究认为"这些岩画是比较典型的太阳崇拜图"❶。尽管造型简单、线条古拙，这些岩画却呈现出了极强的动感，在技术手法上表现出了删繁就简、以形写神、简约质朴的艺术特征。

　　大兴安岭岩画地点的选择除体现出先民们的岩石崇拜或灵石崇拜的特征以外，还体现了他们的图腾崇拜，如大兴安岭飞龙山一处岩画地点的选择就具有明显的满—通古斯语族熊崇拜特征。飞龙山岩画中面积最大的岩画位于一座类似于蹲坐黑熊的巨大岩石上，岩画被绘制在"黑熊"腹部右侧，由一头熊和载有三人的弧形小船构成。在萨满教万物有灵信仰观念的影响下，满—通古斯语族中对熊的崇拜是一种普遍存在的现象。鄂温克族和鄂伦春族认为自己与熊之间存在着亲缘关系，将熊视为自己的祖先，不能直接称呼熊，并在猎取熊以后形成了一套复杂、庄严的祭祀和风葬仪式及诸多的禁忌。另外，赫哲族也流传着关于熊的古老创生神话故事。同属于

---

❶ 庄鸿雁.大兴安岭岩画与鲜卑文化渊源考论[J].东北史地，2013（5）：53.

满—通古斯语族的西伯利亚埃文克人认为,熊是萨满沟通天地的助手,并视其为自己的祖先神。萨满教认为宇宙由上层、中层和下层三个层次组成,上层是居住着各种神灵的天界,中层世界居住着人类和动物,下层世界是死灵之所。在大兴安岭繁衍生息的先民们选择这些高耸的石柱或陡壁来绘制岩画,绘制的内容主要与生产生活及祭祀活动场景相关,应是将这些奇峰异石视为连接宇宙三界的天柱,萨满通过天柱可以在三界中自由来往,与天地沟通。飞龙山最大的岩画中载有三人的弧形小船在萨满教的信仰里代表着"逝者之船",而船头那只憨态可掬的熊则是萨满沟通三界的助手,引导萨满将逝者的亡灵送至其祖先居住之所。

我国的岩画根据书写工具不同通常分为两种,一种是长江以南地区采用颜料绘制在岩石上的岩画,画面主要反映农耕生活;另一种是长江以北地区采用硬物在岩石上雕刻而成的岩画,内容主要反映游牧民族的生产生活场景。大兴安岭岩画采取与南方岩画相同的彩绘艺术手法,主题却彰显出北方岩画特征,展示了先民们的生产生活、风俗习惯、宗教信仰和审美特征。大兴安岭岩画是文字记载之前满—通古斯文化的最大载体,现已发现36个岩画遗址,4150余单幅岩画,内容极为丰富,其中有相当一部分是与萨满教信仰相关的萨满岩画。这些岩画通过简洁、古朴的图像,真实形象地展现了满—通古斯语族的早期文明形态和萨满教信仰观念。由于大兴安岭岩画大多位于人迹罕至之处,且自然侵蚀日益严重,作为记载人类早期文明的活化石、古代生活在大兴安岭的先民遗留下来的珍贵造型艺术，亟须进一步保护和研究。

第五节　奇光异彩的宗教文化艺术

满—通古斯语族普遍信仰以万物有灵和万物关联为思想基础的原始宗教——萨满教。虽然萨满教已逐渐消失在历史长河中，但是先民们在生产和生活中所形成的萨满文化却仍然影响着满—通古斯语族乃至东北地区居民的物质和精神生活。时至今日，东北地区依然在活态传承着满—通古斯文化，且保留着浓厚的萨满文化遗韵。萨满教进行宗教活动时所使用的神偶、祭祀用品、萨满器具、萨满服装、宗教绘画等宗教工具除了宗教性和工具性以外，还具有造型艺术所具备的审美特征。宗教工具的采用，使萨满教的精神信仰具有了可以寄托的实物形体，凸显了萨满教质朴豪放、生动形象的宗教色彩。尽管这些宗教工具的艺术属性在满—通古斯语族的历史进程中长期处于从属地位，但是强烈的意指性功能赋予其在"他者"视域内具有视觉冲击的异质性和鉴赏性，从而有利于"他者"认识和发掘满—通古斯语族的精神世界。萨满教借助这些具有艺术属性的宗教工具使萨满在宗教活动中实现了由人到神的身份转变，并将萨满教的神圣性传递给信仰者。但是，在现代社会的语境下，这些姿态万千、绚丽夺目的萨满教神秘宗教工具已经逐步失去了其固有的宗教性功能，更多地保留了作为艺术而体现出来的鉴赏价值及展示价值，映射出了其神秘的审美特质和浓郁的艺术神韵，并艺术化地彰显了满—通古斯语族先民们基于萨满教观念的精神情感。

神偶是在满—通古斯语族萨满教信仰中某种被赋予神格化的灵物或偶像，"具有某种超人的神力依托其上或其内，能作用于人类或能影响与庇佑于人类的生命进而予以奉承、供养和崇拜"❶，体现了萨满教信仰体系中灵魂观念的意指性幻象形体。满—通古斯语族供奉各种神偶的信仰行为，究其根本源于萨满教的灵魂观念。萨满教认为世间万物都拥有灵魂，灵魂可以脱离形体进行独立活动，形体消失后灵魂是不灭的，而且人类可以拥有多个灵魂，如赫哲族人认为人类有"奥任"（生命的灵魂）、"哈尼"（思想的灵魂）和"法杨库"（转生的灵魂）三个灵魂。此外，萨满教还认为做梦是浮魂外游的结果。满—通古斯语族对神偶的材料、做工、制作时间并不看重，而"主要视其是否源自萨满之手"❷。据《瑷珲祖训遗拾》中记载，制作神偶偶体的形制确立要经历"梦神、会神、面神、识神、悦神、引神，方谓寤得神体，制材藏魂，神魂寓焉，神悟蕴焉"❸，表明神偶偶体形制发端于萨满的梦境，而不是萨满或普通族人的率性而为，

---

❶ 富育光. 萨满教与神话 [M]. 沈阳：辽宁大学出版社，1990：294.
❷ 富育光. 萨满艺术论 [M]. 北京：学苑出版社，2010：129.
❸ 胡卫军. 东北萨满艺术与相关民俗 [D]. 苏州：苏州大学，2008：41.

彰显了神偶的合法性、神圣性和神秘性；在制作神偶之前，萨满要在精心选择的寂静之处饮山泉、食野物，并经过连续三天的焚香、击鼓、拜神等系列复杂的宗教仪式后才可以入睡，"如梦中出现幻象，即为神偶形体"❶，萨满醒后会将梦中出现的神灵名称、样式、制作材料、司职事项等告知族人并依梦制作出神偶。因此，梦境、灵魂、神偶有着息息相关的内在联系，梦境是孕育神偶的场域，可谓"无魂无梦，无梦无形"❷。满—通古斯语族中供奉的神偶生发于萨满教信仰，神偶的功能主要是司职氏族生产和生活中所需要的各种守护神，明显具有专门性、神秘性和继承性的特征。

神偶是满—通古斯语族神秘艺术中最为重要的意象造型艺术，严格地按照萨满精神世界里各种神灵的形象塑造，以奇特的角度诠释来自萨满教的创作灵感。在制备过程中凸显了神偶的写意性，完全抛开了制作对象的原有形态，以神韵造型来突出神偶的形态及灵性皆源于神灵所赐的萨满教信仰观念，体现了求其神似而略其形似的艺术特征，蕴含着丰富的艺术价值和精神内涵。神偶的制作几乎均由手工完成，有动物、植物、人类等各种形态，还有的神偶只是某种抽象的符号，目的是实现满—通古斯语族的自然崇拜、图腾崇拜和祖先崇拜三种功能。根据神偶的自然属性，可以将其分类为动物造型、人物造型和奇异造型。

---

❶ 郭淑云.原始活态文化—萨满教透视[M].上海：上海人民出版社，2001：72.
❷ 富育光.萨满教与神话[M].沈阳：辽宁大学出版社，1990：72.

在满—通古斯语族先民的世界观里，由于深受萨满教万物有灵思想的浸润及动物崇拜的影响，因此形成了多种形态各异的动物造型神偶，如鄂伦春族的"得义"（鹰神）、"穆都日"（龙神），鄂温克族的"玛鲁"（鹿神）、"阿隆"（驯鹿神）、"乌麦"（儿童保护神），满族的鸟神和赫哲族的马神，等等。驯鹿不仅是生活在大兴安岭深处使鹿鄂温克人的主要交通和生产工具，还是他们除狩猎以外的主要经济来源。驯鹿为使鹿鄂温克人提供了其赖以生存的驯鹿肉和驯鹿奶，并且驯鹿皮还可以做成各种御寒的服饰和鞋帽等日常生活用品，可以看出，驯鹿与使鹿鄂温克人的生产生活及精神娱乐等活动密不可分，在其历史进程中发挥着不可替代的作用。在使鹿鄂温克人的世界里，他们坚信在其赖以为生的森林深处存在着尾部连接在一起的双头鹿神灵——"阿隆神"（驯鹿神），其可以保护驯鹿，让驯鹿远离疾病，健康成长，且不走失、不被凶猛的动物吃掉。由此可见，"阿隆神"神偶作为驯鹿保护神的幻化载体对于使鹿鄂温克人的生产生活和宗教信仰均至关重要。"阿隆神"神偶由在森林中觅寻而来的"又"字形树枝做成，材质采用白桦树或者落叶松。首先，将"又"字形树枝去掉枝杈，打磨平整滑润，在水中浸泡后晒干；然后，在树枝两端雕刻出方向相反无角的驯鹿头部形状，雕刻细致、造型抽象、五官清晰、形象生动，代表着公鹿与母鹿同体的驯鹿神。每当驯鹿感染疾病时，使鹿鄂温克人就会向"阿隆神"祈祷，然后将"阿隆神"神偶挂在染病驯鹿的颈部，借此祈求驯鹿神祛除病患、征服病魔。满—通古斯语族的动物造型神偶种类繁多、千姿百态，生动再现了先民信仰世界中动物崇拜的各种形象，呈现出造型抽象、创意简约、形态明确、特征突出的艺术特征。

人物造型神偶是萨满教信仰中祖先崇拜观念的产物，在满—通古斯语族神偶造型中占有很高的比例，表现形式比动物造型神偶更加丰富，主要有人形神偶和半人形神偶两类。由于满—通古斯语族诸民族的生活场域、生产方式不尽相同，因此人物造型神偶所采用的材质、形制设计及制作方法各具特色，但是制作材质以木质材料居多。如现藏于内蒙古莫力达瓦达斡尔族自治旗萨满文化博物馆的鄂伦春族始祖神人形神偶采用木质材料雕刻而成，整个神偶由端坐在一排的九个男人组成，人物整体造型呈现出古板、模式化的特征，但是在面部细节处理上刻画精细、刀法细腻，应用渐变的艺术手法，人物面部特征从左至右由长胡须的方脸逐渐变为不长胡须的圆脸，表现出人物的年龄从左至右逐渐减小，表达了健康有序地延续民族生命的寓意。鄂伦春族的祖先神是采用松木雕刻的全身型人形神偶，被称为"阿娇儒"神偶，在被雕刻成锯齿形的身体旁边挂着一个小皮口袋。鄂温克族的祖先神"舍卧刻"是用木质刻成的一男一女双人形神偶，五官清晰，四肢俱全，穿着鹿皮和狍皮缝制的衣物。赫哲族用来供奉主司祛病延年神灵的人形神偶有可病神、痨病神等，其中痨病神是用木头刻制、通体涂红、无手无足、只雕刻出胸部肋骨的尖顶神偶。除木质人形神偶以外，还有采用野草编织而成、每年春季大典都要使用的"库力斤"神偶（鄂伦春族的长尾美女祖先神）、满族杨姓供奉的布帛缝制与绘画艺术相结合主司昼夜安宁的夫妻神偶、赫哲族主司驱逐瘟神的由一对男女组成采用阴雕刻制而成的铜质神偶等。半人形神偶相对于人形神偶数量较少，主要有人兽合体神偶和人鱼合体神偶等，如满族东海女神神偶德立克妈妈，形状是女身鱼尾，偶体为木质，刻有高耸的双乳和象征着波澜壮阔大海的披肩长发，"也有的家族将海神偶体雕刻为鱼首、女人身，双腿跪坐的形象"❶。

在满—通古斯语族的神偶造型中，有些形象非常抽象，完全不同于动物造型神偶和人物造型神偶，表现出形状奇异的外观特点，具有这种形象特征的神偶被称为"奇异造型神偶"。这些神偶形制如此奇异的原因，是萨满在梦幻偶形时"梦幻中的所有形态是瞬息万变、繁杂多样的。梦幻中尤以梦幻体形与畸形梦幻为多。原始人类在无法予以科学解释的情况下，便视为宇宙中另一世界的灵魂幻体进入萨满的寤寐之中来了，便惊视为神祇，按梦索冀，制成偶像，加以膜拜"❷。从而可知，奇异造型神偶多数是萨满梦幻中灵魂幻体的对象化，司职功能也较为独特，如鄂温克族供奉的"谢考达热勒"神偶就是由许多姿态各异、奇特诡谲的多神组成。满—通古斯语族先

---

❶ 谷颖. 满族神话的符号载体——神偶研究 [J]. 吉林师范大学学报（人文社会科学版），2014（3）：102.

❷ 富育光. 萨满论 [M]. 沈阳：辽宁人民出版社，2000：316.

民是出于祈求神灵保护的功利性目的，依据萨满教信仰世界里的神灵形象创造出了具有各种司职功能的神偶，因此神偶展现出多彩多姿的造型和带有神秘气息的形象。从而，满—通古斯语族神偶与一般民间工艺品的形成过程显著不同，要严格地履行系列庄严的萨满教仪式，才能实现由原生化的材料向神灵幻化载体的身份转变，并赋予其人们所期望的超自然力量。因此，作为艺术品而言神偶是带着神秘光环问世的，而宗教实用性的逐渐淡化和时间的推移并不会减弱神偶的艺术价值和审美价值。

满—通古斯语族普遍信仰萨满教。萨满是萨满教信仰中能够自由往返三界、沟通天地神灵的使者，但是萨满要借助于萨满服饰才能实现其担任使者的宗教职能。萨满服饰是萨满从事宗教活动时所穿戴的服饰，是"萨满化形为神祇代言人的象征"❶，可以从服饰的装饰物品上识别出萨满代表的神灵和自身的法力等级，通常被视为凸显萨满教信仰观念的通灵圣物。从艺术角度来看，萨满服饰则是一种神秘的造型艺术，同时也是萨满装束的文化象征，主要由面具、神帽、神服等组成。

作为体现萨满教信仰且具有表意性质的神秘造型艺术，萨满面具内容样式千姿百态，造型手法丰富多彩，艺术表现风格独特，以丰富的文化内蕴和迥异的艺术风格充分展现了满—通古斯语族的内心世界、宗教信仰、禁忌文化和审美特质。虽然是多种因素共同促

---

❶ 隋岩.呼伦贝尔萨满神服艺术造型与象征研究[J].文艺评论，2020（5）：126.

使了萨满面具的问世,但是萨满教的宗教信仰观念则是其出现的最主要原因。在满—通古斯语族的信仰世界里,萨满面具按照发挥功能的不同主要被分为"跳神"面具和供奉面具。"跳神"面具主要用于萨满在从事各类萨满教宗教活动时佩戴的面具,如鄂温克族的铜制祭祀面具,样式古朴、简单粗犷,而供奉面具是供奉于神台等位置,是用以乞求神灵保佑的面具,如鄂温克族采用桦树皮制作的"德力格丁"神面具。

满—通古斯语族之所以拥有众多艺术造型的萨满面具,与其代表的萨满教信仰中的各种神灵密不可分。萨满教的宗教信仰所赋予萨满面具的神圣性,奠定了其在萨满教宗教活动中不可或缺的地位,正如谚语所言"戴上脸壳为神,放下脸壳为人"❶,表明面具是萨满"跳神"和各种祭祀、供奉必备的宗教法器,并衍生出了艺术表现和文化传播的功能。和其他的非语言传播媒介不同,萨满面具不仅承载着满—通古斯语族的宗教信仰观念,还具备了媒体艺术的互动特征。无论是"跳神"面具还是供奉面具,它们都是萨满教各种宗教仪式中的一部分,并需要参与者与其互动才能够达到预期效果。与供人参拜的神像不同,萨满面具是人们为了驱魔镇邪而采取的直接性艺术语言,是萨满进行三界沟通的媒介,也是一种突破自我的媒介艺术。

---

❶ 刘钻,曹天慧.萨满神灵造型与观念——萨满神灵造型的艺术观[J].文艺评论,2011(7):122.

在满—通古斯语族萨满主持的萨满教宗教活动中，萨满神帽与萨满神服是不可分割的神圣整体，是萨满从事祭神驱邪专用神物的核心法器，"不仅制作有极严格的宗族习惯法和禁忌约束，而且它从来都是氏族与氏族之间最关键的区别标志"[1]。因此，萨满神帽与萨满神服充满着神圣性，是氏族或部落的萨满教代表和象征。在萨满教的信仰观念里，萨满神帽和萨满神服有着不同的功能，萨满可以通过萨满神帽来感应宇宙中的吉凶信息，萨满神帽是萨满与超自然力量相交的桥梁。满—通古斯语族萨满认为自己供奉的神灵、愿意帮助自己的各种精灵及被自己降服后愿意为己效力的不同恶灵都会附着在萨满神服和萨满神帽上，从而萨满将萨满服饰视作承载自己法力的有效载体，因此一套汇集了多种超自然力量的萨满服饰可以在本氏族的各代萨满之间进行传承。萨满神帽具有造型奇特、神秘古朴的特征，表现出了很高的艺术价值。根据造型特点，满—通古斯语族萨满神帽主要分为鹰鸟神帽、鹿角神帽、鹿角鹰鸟神帽、羽翎神帽和龙凤形神帽五种。满族鹿角鹰鸟萨满神帽采用金属铜制作，整体设计精巧、造型美观、做工精细，神帽底部铜片四周规则分布四面铜镜，并且每两面铜镜之间均雕刻一只蜥蜴。除此之外，神帽底部前后两面铜镜上侧的铜片上也各雕刻一只蜥蜴，六只蜥蜴呈银白色，造型简单、形象传神。神帽顶部左右两侧各镶嵌一只大型铜铃，帽体的铜片之间连有红色布质材料，其上缝有呈花瓣形状的

---

[1] 富育光.萨满论[M].沈阳：辽宁人民出版社，2000：238.

三个贝壳。神帽的顶端是铜制的两层向外规则伸展的铜叶，铜叶上挂有小型的铜铃，并在铜叶中间固定着两支两枝杈鹿角，每个枝杈上挂有中型铜铃，鹿角之上是一只衔有中型铜铃的神鹰，尾部悬挂一面"万字文"的长形飘带，神鹰支架上也缀有一大型铜铃。

  萨满神服是满—通古斯语族萨满举行宗教活动时所穿的服装，从设计上突出了萨满作为人神中介的能力与身份，是萨满进行三界沟通的必备神秘装备。萨满神服"有各种幻象工具，如魂兜、惊魂铃、开天辟地铲、照彻暗夜镜、飞天条带、神域传息鸟，等等。所有这些意念，均由神服上面缀饰和镶嵌的神物作为象征"[1]。由于文化传统、生活环境和风俗习惯的类似，满—通古斯语族的萨满神服在造型和装饰图案上大体相同，神服上均点缀着寓意不同的缀饰，这些缀饰多数是铜铃、铜镜、彩穗、不同颜色的皮质长条，以及板、片、环等不同形状的铁制品，体现了相近的艺术风格和文化特质。制作萨满神服的衣料取材非常考究，通常要求在萨满生存的地域就地取材，如鄂温克族采用鹿皮制作的神袍、鄂伦春族采用狍皮制作的神袍、赫哲族采用鱼皮制作的神袍等。为保证萨满神袍的神圣性，选材用料均要汇集自然界中山林之精华，具有严格的选材标准，如不能食用为制作神服而被猎杀动物的血肉，并且要为其举行丧葬仪式等。因为在萨满教的信仰观念里，被用来制作萨满神服的动物灵魂会附着在神服上而增加萨满的法力。萨满神服的选材是全体氏族成

---

[1] 富育光.萨满论[M].沈阳：辽宁人民出版社，2000：209.

员心血的结晶,而且制作工艺非常复杂,通常由萨满自己进行设计、剪裁和制作。萨满神服在颜色搭配上通常"以黄、白、红、蓝为基调,作为服装的主色,对应大地、水、火焰、天空"[1],各民族在此基础上进一步发挥了自己的传统习惯和文化特点,使萨满神袍呈现出浓郁的原始审美趣味和民族地域文化特色。

根据制作款式,满—通古斯语族的萨满神服主要分为袍式神服和衫式神服。袍式神服通常由动物皮革制作而成,神服上带有不同的金属饰物和数目众多的条形饰带,这些饰带在萨满舞动时犹如翱翔的翅膀,且气场十足,为萨满的宗教活动增添了神秘感。鄂伦春族用袍皮或鹿皮制作的袍式萨满神服,从领口到袖口、下摆均绣有非常精美的图案,神服前面的上部左右两侧共缀有36面铜镜,铜镜下面挂着46个大小不一的铜铃,神服的后面有两层彩色飘带。衫式神服通常为短款样式,下面大多带有皮质的长穗,一般饰有披肩和神裙。

萨满披肩并不是萨满服饰中不可或缺的组成部分,满—通古斯语族中的鄂伦春族、鄂温克族和满族等民族的萨满通常配有萨满披肩。萨满披肩在萨满服饰中的作用与萨满神帽和萨满神服略有不同,在萨满和氏族成员的观念里,萨满服饰不仅是通灵圣物,还是体现氏族财力的象征。萨满披肩被视作氏族的脸面,赋予了其彰显氏族实力的功能。从而,制作萨满披肩所选用的材料均比较贵重,并在

---

[1] 隋岩.呼伦贝尔萨满神服艺术造型与象征研究[J].文艺评论,2020(5):126.

其上装饰着羽毛、珍珠、兽骨、贝壳和宝石等奇特和贵重材料。鄂伦春族萨满披肩采用金线绣制，形似盛开莲花，共有 13 个绣有精美植物图样的长条状布条及两端的 2 个红色布条作为花瓣，植物图样中有代表太阳和星辰的大小花朵，披肩主体绣有曲线纹样和异化的回形纹，并缀饰着铜铃和珍珠长链。整个萨满披肩图形简练、寓意深远、做工精细、造型丰富，凸显了鄂伦春族自然崇拜的信仰观念。

萨满神裙和衫式神服共同组成了一套完整的萨满神服，但是需要说明的是萨满神裙并不是传统服饰概念里的裙子，只是用来装点衫式神服的条形飘带，由裙腰和飘带两部分组成。鄂伦春族萨满神裙的制作材质是布料，使用方法是固定在衫式神服的后身下部。神裙的上部裙腰处采用平绣法绣有萨满进行祭祀动物图腾的宗教仪式场景，图中绣有两个手持萨满神鼓正在树下做法的萨满，树下分别拴着用于祭祀活动的羊，左侧是一只类似甩尾老虎的动物图案，下部是象征着一年十二个月份的十二个条形飘带，飘带上绣有规则的几何图形。在萨满神服中还绘制一些装饰图案，在萨满教的观念里这些图案都有着特定的寓意，如柱状及其艺术夸张图案象征着人类，水珠状图案象征着魂魄等。随着满—通古斯文化逐渐演变为东北地域文化，萨满神服中的这些装饰图案衍生出了各种各样的艺术纹样，并逐渐进入东北地区的各种民俗艺术领域。

在以前的满—通古斯语族萨满教活动中，萨满还配有采用蛇、蛙、蜥蜴等动物皮骨材料制作或镶嵌而成的萨满神靴和萨满手套，但这些附属的萨满服饰现已不太常见。在进行萨满教宗教活动时，萨满认为附着在萨满神靴和萨满手套上蛇、蛙、蜥蜴等动物的灵魂能够助力其通过沼泽密布和满路荆棘的区域。满—通古斯语族的萨满服饰从整体来看，多采用简约、概括式的设计思路，古朴粗犷、造型奇特，凸显了满—通古斯语族的生活环境和生产方式，充分体现出独特的民族风尚、审美情趣和艺术特色。

东北边陲满—通古斯语族的神秘艺术是满—通古斯语族诸民族历史发展的产物和智慧的结晶，是由不同时期的满—通古斯语族群体创造的文化艺术。这些神秘艺术不同于其他宗教的相关艺术，是满—通古斯语族民众根据信仰观念中对自然万物的认知而进一步物化的结果，在此基础上所创造出来的造型艺术更接近于现实生活，既满足了自己的精神需求，又没有完全脱离现实世界，从而使这些神秘艺术成为桥接萨满教信仰和现实世界之间的物化纽带。东北边陲满—通古斯语族的神秘艺术伴随着满—通古斯语族从远古走来，已孕育出众多的艺术形态，均呈现出敬畏自然的共性，并映射出生态美学的特质。形式迥异的神偶、萨满服饰等神秘艺术在凸显满—通古斯语族先民情感和智慧的基础上，展现了满—通古斯语族绚丽多姿的传统文化和丰富多彩的精神世界，必将对东北边陲文化艺术的鉴赏和审美产生持续不断的影响。

满—通古斯语族具有源远流长的民族演化历程和风格迥异的艺术发展轨迹，从而在漫长的历史进程中创造了风格独特的艺术文化，表现出古朴真挚、随性率真、简洁实用、寓意美好等特点。保护和传承满—通古斯语族的各类艺术文化、诠释其在不同历史时期的艺术生命力，对于维护中华民族文化艺术多样性具有深远的历史意义和现实价值。

第二章

满—通古斯文化与东北文学

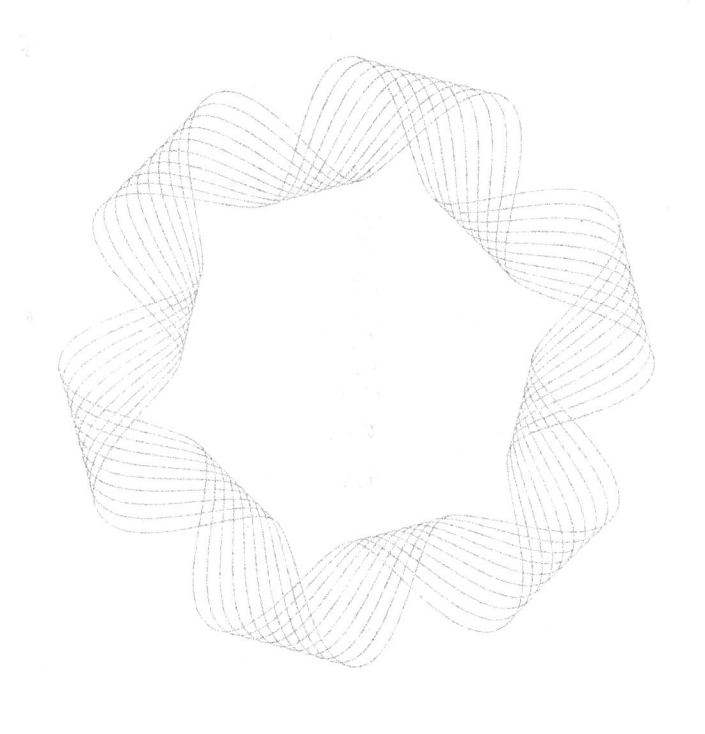

第二章 满—通古斯文化与东北文学

满—通古斯文化是世居我国东北的满族、鄂伦春族、鄂温克族、赫哲族和锡伯族在漫长的生产生活实践过程中创造和传承的具有明显民族特点的物质和精神财富。❶同世界上其他文化一样,满—通古斯文化也是人类在社会发展过程中形成的产物。文学作为文化的重要组成部分和传播文化的有力载体,自在人类文明历史进程中出现以来,便与文化交融共生,共同发展,是人类文明世界中最具影响力和作用力的文化形式之一。梳理东北文学的发展历史,会发现满—通古斯文化在东北文学生成和发展过程中的作用和影响是无法忽视的。满—通古斯语族自古以来就在我国的东北地区繁衍生息,满—通古斯文化是东北地区历史最为久远的一种古老的文化形态,是东北传统地域文化和民俗形态的文化源头,对东北民众的物质文化和精神生活具有决定性的影响。从而,东北文学所受地域文化的影响就是源于这种浸透了满—通古斯文化精神的民俗文化。在东北文学史上,满—通古斯文化始终是一道伴生在其左右的文化魅影。

第一节 东北文学对满—通古斯文化的矛盾心理

20世纪初,伴随着西文东渐,西方文化与中国本土文化在古老的中国大地开始发生激烈的融合碰撞。在这样的历史背景下,陈独

---

❶ 刘春玲.满—通古斯文化与迟子建小说研究[J].大连民族学院学报,2012,14(2):112.

秀、李大钊、鲁迅等发起了新文化运动。新文化运动高举"民主"和"科学"两面旗帜，对旧礼教和旧道德进行了无情的批判，给当时的思想文化界带来了巨大震动，有力地推动了中国文化的现代化进程。在新文化运动的影响下，新文学对传统旧文化进行了批判，但是文化的特点决定了其具有多种属性，因此在新文化运动这个新旧文化交替的历史时代，具有深厚古典文化功底的文学创作者在批判传统文化的同时也表现出了复杂的态度。东北地区处于儒家文化圈的边缘地带，导致传统的儒家文化在东北的地域文化中并不具有压倒性的文化优势，而世居东北、信奉萨满教的满—通古斯语族在历史进程中所形成的满—通古斯文化则是东北地域文化的重要组成部分，以萨满文化为代表的满—通古斯文化一直深刻地影响着东北人民的精神和物质生活。新文化运动兴起后，当时的东北文学创作者同样表现出了前所未有的热情，毅然举起了批判萨满教的旗帜来呼应中原的反对封建礼教行动，但是在进行满—通古斯文化书写时，他们却表现出了既批判又欣赏的矛盾心理。

在新文化运动中，"批判国民性，这是鲁迅开创的传统，也是东北作家群日后创作的标杆"[1]。当时的东北,由于地处中原文明的边缘区域，急需先进文化的启蒙。因此，在鲁迅批判中国人固有的国民劣根性的影响下，以萧红、萧军、端木蕻良、骆宾基等为代表的东北作家群对满—通古斯文化的代表性文化萨满文化的批判成为当

---

[1] 刘瑛. 萨满教文化与东北作家群小说创作 [D]. 长沙：湖南师范大学，2015：30.

第二章 满—通古斯文化与东北文学

时东北文学的一个显著特征。他们将批判的矛头直接指向了萨满教,并在文学作品中对萨满"跳神"的场面进行了传神的叙写,其中以萧红《呼兰河传》中对"跳大神"的批判最为典型。1935年,萧红在鲁迅先生的帮助下,出版了其成名作《生死场》,从而走上文坛。萧红在《生死场》中以个人体验的方式,在小说中勾勒出了一幅偏僻荒凉、保守愚昧的东北乡村生活场景,被鲁迅评为表现了"北方人民的对于生的坚强,对于死的挣扎,却往往已经力透纸背"[1]。之后,萧红"在《呼兰河传》中升华了《生死场》的主题创作,更加关注东北乡村农民在贫困的境遇中自然、麻木的生死状态,还特别注意挖掘了地域文化因袭下来的民俗对形成这种生存状态所产生的影响"[2]。

萧红在《呼兰河传》中描写故乡人们的困窘、愚昧、顽强生活的同时,继承和发扬了鲁迅的国民性批判精神,将源于萨满教祭祀仪式中萨满舞蹈的"跳大神"作为东北地区愚昧的文化根源之一进行深刻的揭露。萧红通过团圆媳妇的惨死不但控诉了"跳大神"治病的荒诞不经,而且对大神名为治病、实为敛财的功利目的进行了揭露性的描写。这表明萨满的"跳大神"行为在当时已经在利益的驱使下而商业化和功利化,成为一种谋取利益的工具。

---

[1] 鲁迅. 鲁迅全集(第13卷)[M]. 北京:人民文学出版社, 1981:408.
[2] 刘钊. 鲁迅批判传统文化的精神延续——以萧红、迟子建对萨满文化的接受差异为例[J]. 鲁迅研究月刊, 2014(1):61.

在东北文学里，作家们不仅对萨满利用封建迷信为自己谋利的行为进行深刻的鞭挞，而且对萨满为统治阶级服务的奴化思想和丑恶行径进行了批判。例如，端木蕻良在《科尔沁旗草原》中描写"跳大神"的李寡妇在丁四太爷的利诱之下，假借狐仙之口对百姓宣扬说丁四太爷是天上的白虎星转世，而且丁府还有家仙保佑，理应发财，诱骗百姓们相信丁家之所以能够发财那是上天赐予的，而自己之所以贫穷是因为命中没有这个福分，世间的一切早已由上天注定，从而使百姓彻底丧失了反抗意识。萨满"跳神"是萨满教的代表性宗教行为，主要是用于为本氏族消除灾祸，为患者"跳神"治病，以及祈求生产丰收等方面，伤害人的性命及万物的这种行为与萨满教万物有灵的信仰是完全不符的。但是在历史发展过程中，萨满文化很容易被为己谋利的人所利用，这导致萨满"跳神"异化成为一种披着萨满文化外衣、流行于东北民间以敛财为目的的"跳大神"。针对这种社会现实，东北作家在新文化思想的影响下通过笔触将异化的萨满文化和国民劣根性结合起来，通过文学建构对其进行了彻底的鞭挞和批判。

虽然东北文学对满—通古斯文化的代表性文化萨满文化进行了深刻的批判，但是东北作家在文学创作中并没有全盘否定萨满文化。因为，满—通古斯文化是东北地域文化的重要组成部分，萨满文化已成为在满—通古斯文化浸润中成长起来的东北居民的一种集体无意识，从而萨满文化的深刻内涵与精神特质在东北作家的精神世界中留下了无法磨灭的印记。满—通古斯文化是世居东北的满—通古斯语族在漫长的历史进程中所创造的区域性民族文化,其衍生的萨满文化已经渗透到东北风俗习惯和生活方式的每一个细部,构成了一种东北地区特有的民俗特色。因此,在东北作家群的文学创作中,常常出现大量的萨满文化书写。尤其是20世纪30年代日军占领东北后,东北作家背井离乡,由于思乡会感悟家乡地域文化的积极因素,并在文学创作时会不自觉地对萨满文化的一些方面进行美化。因此,在批判和美化的二元对立情况下,作为记忆中家乡符号的萨满文化在东北文学中则呈现了一种矛盾的状态。

新文化运动以后,萨满教和传统的封建礼教一同被视为愚昧落后的旧思想和旧文化而遭到广泛的质疑和批判,东北文学中的萨满文化书写也有了明显的批判态势。但是,在这种批判的语境下,东北作家对萨满文化的书写呈现具体、精准、细致的特点,甚至对萨满文化"表象娱神、本质娱人"行为所蕴含的精神力量和艺术价值表现出了一种欣赏性的肯定,这可以理解为东北作家对家乡满—通古斯文化的一种无意识彰显。端木蕻良对萨满文化的娱人功能总结为"在荒芜辽阔的农村里,地方性的宗教,是具有极浓厚的游戏性和蛊惑性的。这种魅惑跌落在他们精神的压抑的角落里和肉体的拘谨的官能上,使他们得到了某种错综的满足,而疾患的痼疾,也常因挨摸了这种变态的神秘的潜意识的官能的解放,接引了新的泉源,而好转起来"[1]。萧红在《呼兰河传》中对乡邻热衷于观看"跳大神"的情景进行了详细的描写,"'跳大神',大半是天黑跳起,只要一打起鼓来,就男女老幼,都往这跳神的人家跑,若是夏天,就屋里屋外都挤满了人。还有些女人,拉着孩子,抱着孩子,哭天叫地地从墙头上跳过来,跳过来看跳神的"[2]。由此可见,声情并茂、载歌载舞的"跳大神"场面对于娱乐文化极度贫乏的东北乡村具有极大的观赏性和娱乐性。萧红通过刻画乡邻们热衷于"跳大神"的娱己功能,揭露出这些愚昧、麻木的乡邻把"跳大神"只是当作难得一饱眼福的娱乐机会,并没有认清"跳大神"对人精神戕害的本质,这种"热闹的场景背后是作者对人性冷漠、麻木的控诉与痛恨"[3]。

萧红对体现萨满文化灵魂观念的观看放河灯场面也进行了生动细致的描写:"七月十五盂兰会,呼兰河上放河灯了……哪怕终年不出门的人,也要随着人群奔到河沿去……"[4]萧红传神、细腻的叙写为读者勾勒出一幅过着卑琐平凡生活的呼兰河人"对生命抱着让人难以置信的漠然态度,而在对鬼神的精神依附上他们却又保持着极大的热情"的诙谐讽刺却又妙趣横生的故乡图景,映射出"呼兰河人也就在这些信仰风俗中找到他们的一点卑微的生存的理由和乐趣"。在《科尔沁旗草原》中,端木蕻良用了长达八页的篇幅来描述

---

[1] 端木蕻良. 端木蕻良文集(第2卷)[M]. 北京:北京出版社,1999:363.
[2] 萧红. 萧红小说[M]. 杭州:浙江文艺出版社,2009:213–214.
[3] 袁美铃. 论萨满教与东北文学的关系[D]. 南京:南京师范大学,2014:31.
[4] 肖宝凤.《呼兰河传》的荒凉美学[J]. 株洲师范高等专科学校学报,2006(4):61.

"跳大神"的场景及"跳大神"的用具,如腰铃、扎刀、当子鼓、火鞋等,"三间破狼破虎的小马架里面,两道红烛高烧。四周围定了铁筒似的人,大神临风扫地般跳上跳下,震恐、不解、急切、紧张的情绪,通过了每个人的心灵。大家都注意看着大仙的一举一动,想在那里懂得了自己的命运,也懂得了丁四太爷的命运"[1],描绘出"四周围定了铁筒似的人"只对"跳神"的娱乐性感兴趣,而对生活则抱着麻木不仁、听天由命的消极态度。从东北作家对这些散发着浓郁萨满文化气息的民风民俗的叙写可以看出,作家们一方面将萨满文化视为旧文化的杀人工具进行否定和批判,揭露出故乡民众愚昧落后、麻木不仁的精神世界;另一方面对萨满文化给文化娱乐活动缺乏的东北乡村带来的精神盛宴则持有欣赏态度,也映射出了东北居民对美好生活的向往,表现了作家在进行国民性批判的同时,无意识地流露出了对故乡文化的眷恋。

东北文学对萨满文化的批判并不局限于萨满在利益驱使下利用底层民众对萨满教的信仰不顾别人生死谋利或甘心充当统治阶级的宣传工具欺骗民众,还对成为民族解放的绊脚石与时代政治的对立面的萨满及萨满代表的神性进行了批判,但同时也对萨满文化中的反抗精神、崇拜自然与自由漂泊精神、人性力量进行了赞美。贾非在《冰雪摇篮》中刘作为沟通三界的使者鄂伦春族萨满进行了"去神性"的否定,并揭露了其虚伪与丑恶的行径。萨满虻海在为猎人

---

[1] 端木蕻良.科尔沁旗草原[M].北京:人民文学出版社,1981:27.

乌拉汗"跳神"治病时，像个翩翩起舞的怪物，口中振振有词地唱了一首神歌：

　　雪山高，

　　冰川矮，

　　神仙光脚走着来。

　　只为魔鬼投了胎，

　　恼怒天神降大灾？

　　鬼胎出世活人死，

　　鬼胎不走灾连灾？

　　……❶

作者在描述萨满虹海"跳神"时，把他形容为翩翩起舞的怪物，表达了对萨满教神圣性的不屑之情，而"虹海所预言的'鬼胎'后来却成为族人的英雄阿汉·贝亚"❷，映射出了萨满虹海的预言实则是一派胡言。当鄂伦春族被日本人驱逐时，萨满不仅没有帮助族人摆脱日本人的统治和压迫，反而扮演着奸细和傀儡的角色。《冰雪摇篮》中的萨满已经不是为保护氏族来进行人神沟通的使者，而是从神坛上跌落下来且化身为侵略者的帮凶。朱春雨在《血菩提》中描写了抗日英雄关东鹰在面临绝境时对萨满文化中所信奉的神灵充满了期待，"假如这时能听到萨满的腰铃响动，那一定会有最吉祥的

---

❶ 贾非. 冰雪摇篮[M]. 上海：上海文艺出版社，1981：11.
❷ 袁美铃. 论萨满教与东北文学的关系[D]. 南京：南京师范大学，2014：35.

神谕为他指点迷津"❶。但是,关东鹰期望的神谕直到他悲惨地死去也没有出现。在《冰雪摇篮》中,当萨满祈求神灵的帮助也无法解决鄂伦春人所面临的饥饿和瘟疫问题时,人们从内心深处发出了这样的疑问:"难道西恰库神也向着外来的关东军吗!受苦受难的鄂伦春还盼望谁能来搭救他们呢!"❷ 在这些作品中,萨满教所信奉的神灵虽然被寄予了厚望,但是神灵却一次一次地让人们感到了失望。虽然在《冰雪摇篮》《血菩提》等东北文学中对萨满教所信奉的神灵进行了批判和否定,但是作家对集智慧、勇敢、反抗于一身的鄂伦春族英雄人物形象阿汉·贝亚等所体现的萨满文化反抗精神却予以了高度的赞扬,这些人物形象的英雄行为无疑是人性、反抗、自由等萨满文化精神的集中体现。

第二节 满—通古斯文化对东北文学的文化建构

与其他地域的作家相比,东北作家表现出了显著不同的文学创作特征。❸ 如果从创造观念的角度来看,可以发现这种不同来源于满—通古斯文化的神性观念,该神性观念给东北文学增添了一抹瑰

---

❶ 朱春雨. 血菩提 [M]. 北京:作家出版社,1990:387.
❷ 贾非. 冰雪摇篮 [M]. 上海:上海文艺出版社,1981:119.
❸ 史健男. 从"东北作家群"看文学地域文化特征的成因 [J]. 党政干部学刊,2013(9):78–80.

丽而神秘的色调。与传统的汉地文学相比,东北文学在展现出豪迈粗犷文风的同时,也表现出了来源于满—通古斯文化的神性和瑰异色彩,带给读者一种超验主义的审美感悟与精神追求。无论是端木蕻良的《科尔沁旗草原》、董谦的《荒界》、刘庆的《唇典》、萧红的《呼兰河传》,还是迟子建的《河柳图》和《额尔古纳河右岸》,都体现了满—通古斯文化所赋予东北作家精神灵性层面的深度感知,文本中均蕴含着极为相似的文化基本特征和精神价值取向。

正因为满—通古斯文化中万物有灵等泛神、泛灵观念的浸润,导致东北作家笔下的万物不仅和人类一样有着真情实感和生命特征,而且常常被赋予感性和神性的色彩,并展现出一种富有满—通古斯文化奇异韵味的艺术氛围。东北独特的山川地貌、地广人稀及迥异于中原的自然环境孕育了满—通古斯文化,并在漫长的历史进程中逐渐演变成了东北地域文化的重要组成部分和发展取向。满—通古斯文化的泛神性文化特质成为构筑东北居民精神特质的重要因素,也是东北作家在文学创作中普遍灵动语境下神性思想的精神源头,并为东北作家的文学创作源源不断地提供文化和精神养分,继而制约和影响着东北作家的艺术风格和创作观念。在满—通古斯文化的滋养下,东北作家的文学创作也被牢牢地烙印上了不易磨灭的神性痕迹。❶

---

❶ 刘春玲.论萨满神歌对迟子建跨民族书写的推动及其功能[J].学术交流,2014(10):162-166.

第二章 满—通古斯文化与东北文学

东北文学中最为显著的特征就是在文本中采用了大量与满—通古斯文化相关的各类文学素材,并表现出独特的满—通古斯文化精神特质。对满—通古斯文化创作素材的运用、拓展和异化,多年来已成为东北作家独特的创作技巧与手法。在创作主体、主题和题材、人物形象、叙事技巧等方面,满—通古斯文化对于东北文学具有关键性作用。

满—通古斯文化不仅包含从远古走来的萨满文化,而且还有满—通古斯语族先民在漫长的历史进程中形成的神话、传说、民俗、民间歌谣故事等。由于东北作家自幼成长在满—通古斯文化的核心地带,毫无疑问其文学创作也必然受到满—通古斯文化的深刻影响。[1] 满—通古斯文化给东北文学创作提供了丰厚的文学素材和创作灵感,成了滋养东北文学的文化和精神温床。因此,东北作家在文学创作中自发地将满—通古斯文化与自己的其他背景文化高度融合,从而使东北文学形成了与国内其他地域文学风格迥异的文学流派,如萧红的《呼兰河传》和迟子建的《额尔古纳河右岸》就创作于满—通古斯文化的语境中。也正是因为满—通古斯文化为作家提供了各种丰富多彩的文学创作素材,并辅之东北作家在满—通古斯文化浸润中所形成的精神特质,才创作出这些具有浓郁满—通古斯文化特色的文学作品。

---

[1] 刘春玲,隋琳.迟子建小说中满—通古斯语族萨满超自然行为的解读[J].大连大学学报,2010,31(2):52–55.

自古以来，我国满—通古斯语族就信奉以万物有灵为哲学基础的原生性宗教萨满教，由萨满教信仰衍生出来的萨满教文化是满—通古斯文化的重要组成部分。❶在长期的历史发展过程中，作为普泛性宗教文化的萨满教文化成了东北居民精神文化的主要形态。东北作家以自己的体验与敏锐的触觉意识到萨满教文化浸润着满—通古斯语族深厚的文化底蕴，因此在文学创作中大量采用萨满教文化，使其成了投影于东北文学中最多的满—通古斯文化。

　　东北作家采用满—通古斯文化作为创作素材，和其在文学创作中融入萨满教的泛神论思想，在本质上都体现出满—通古斯文化对东北文学的文化建构。萨满教文化是东北作家饱受浸润的伴生文化，在其心理意识中留下了不可磨灭的印记，导致萨满教文化在东北作家的成长过程中已经无意识地积淀在其文化心态和审美选择中。从而，东北作家在进行文学创作时，从其作品中的情节构思和人物塑造，读者都能感受到融汇于文学中的萨满教文化精神。如在《额尔古纳河右岸》中，迟子建借助萨满教所信仰的自然崇拜和万物有灵等观念为人类构筑起与自然交流的平台。在迟子建构建的文学世界里，自然万物都体现出萨满教的哲学观点，每一个独立的个体都被凸显出生命的内涵和尊严，且折射出神性的光辉。再者，东北作家在文学创作中经常无意识地表达出烙印于自己灵魂深处的萨满教文

---

❶ 王四维.论满—通古斯语族萨满文化对迟子建小说创作的影响[D].杭州：杭州师范大学，2016：13-20.

化,并用萨满精神来塑造作品中的英雄人物形象。如端木蕻良在《科尔沁旗草原》中塑造的人物形象大山,具有猛兽般的体魄,带领穷苦农民反抗地主阶级的残酷压迫,将满—通古斯文化中萨满尚武好战的精神完美地展现给了读者。

满—通古斯文化的传承不仅浸润着东北作家的成长过程,同时还对东北文学人文内涵的传播和价值观念的表达产生了深远的影响。满—通古斯文化的思想根源是万物有灵,并信奉自然崇拜、图腾崇拜及祖先崇拜,通过民间故事、神话等口头文学传颂至今。因此,对于东北地区而言,满—通古斯文化在历史进程中不仅逐渐发展成代表东北居民价值体系的思想文化,而且东北作家把满—通古斯文化的价值观有意或无意地通过文学创作展现在读者面前。例如,在《我的光》中,郑万隆通过塑造崇拜山神的鄂温克族老人库巴图和热爱大自然的生态科学家纪教授,把满—通古斯文化的自然崇拜与科学的生态思想统一起来,在作家设定的满—通古斯文化的背景下,通过故事情节的推动巧妙地消除了满—通古斯文化与科学之间在价值观上的对立。从而可知,满—通古斯文化作为一种文化基因已成为一条贯穿东北文学的主线,而这条主线所展现的价值观则是东北文学散发独特魅力的精神内涵。

第三节　满—通古斯文化对东北文学的创作影响

在信奉萨满教的满—通古斯语族先民的观念里，自然至高无上并主宰着人类的命运，人类应该敬畏自然和崇尚自然。高纬度的生存环境、依赖自然界所提供的自然物质资源和自身自然能力的生存方式，均影响了满—通古斯语族的生活方式和思想观念，并形成了自然崇拜和万物有灵的萨满教思想观念，导致满—通古斯语族成为尊崇自然和敬畏生命的民族。东北地区是我国满—通古斯语族的世居地，处于传统儒家文化圈的外延区域，因此在漫长的历史中满—通古斯文化已经浸润到东北居民的物质和精神生活的每个细微之处，是东北地域文化的重要源头和组成部分，并直接参与了东北居民的精神构建及文化习俗、民间文学等文学价值观的凝练。

受成长环境的影响，东北作家在文学创作中集体无意识地选择了满—通古斯文化作为其创作对象。例如，端木蕻良、迟子建和郭雪波等东北作家的文学创作中，都浓墨重彩地描述了满—通古斯语族的生存环境及民风民俗。透过这些文学作品，东北地区蜿蜒曲折的大小兴安岭和伸向苍茫天际的大草原，以及遵循古老民族习惯在此地生活的满—通古斯语族的生活场景跃然纸上。在东北作家的笔下，对自然环境及满—通古斯语族人物形象的描写和塑造占有大量的比重，如《呼兰河传》《树下》《伪满洲国》《大地的海》《额尔古纳河右岸》《唇典》等。在文学创作中，东北作家对蕴含着深层哲学思想、道德理念和人文精神的满—通古斯文化进行了继承、挖掘、批判和弘扬，通过联系历史与现实，对满—通古斯文化心理结构进行了建构与剥离，并在此基础上对满—通古斯文化进行了深刻的反思，传递出了大自然才是真善美载体的朴素自然观。

满—通古斯文化具有明显的"听觉文化"特征，许多带有着浓厚神秘主义色彩的神话、故事、传说都是通过口头文学的形式而传承下来，承载着满—通古斯语族丰富的文化基因，并蕴含着鲜明的民族精神特质。在东北地区，满—通古斯文化已经以文化积淀的方式凝聚在了东北作家的文化心理结构中，并对其文学创作手法也产生了深远的影响。鄂温克族作家乌热尔图在文学创作中常常采用一种超然、神秘的创作方式，借用魔幻现实主义的手法进行文学创作，使其作品具有明显的满—通古斯文化特征和精神取向，为读者构建了一个虚实共生的文学世界。如《丛林悠悠》和《梦，还有猎营地捅刀子的事》中，乌热尔图运用了荒诞、虚妄等创作手法来描写不可思议的萨满神话，营造出了一种魔幻的诡异气氛，并折射出异于常态的神秘主义色彩。

乌热尔图的这种创作手法在东北作家群中不属于个例，萨娜、迟子建等人的文学创作也表现出了相同的特点。迟子建在《额尔古纳河右岸》中同样采用了神秘主义的创作手法，在文中引入了很多鄂温克族的神话故事，运用这些看似荒诞不经的神话成功地构建了故事的发展主线，并井然有序地推动着故事情节的发展，将镌刻着鄂温克族精神特质的精彩画卷徐徐地展现在世人面前。从某种意义而言，满—通古斯文化对东北作家创作手法的影响体现了神秘主义和魔幻现实主义的发展和融合。

删繁就简而言，时间和空间两大因素决定了文学的生成和发展，而这两大因素则与作家生活及其作品反应的特定历史时代、社会环境和自然环境息息相关。众所周知，任何人的健康成长都无法离开其所处环境提供的文化养分，因此，作家的文学创作必然会带有其成长环境的文化烙印。作为东北地域文化重要组成部分的满—通古斯文化滋养了一代代东北居民的文化和精神世界，在其成长过程中天然镌刻了满—通古斯文化的印记，且在东北作家建构的文学世界里呈现出了自然崇拜和万物有灵的精神特质。如端木蕻良在满—通古斯文化中神树崇拜思想的影响下，在《大地的海》中塑造了一棵孤独的云松耸立在山崖边，不为狂风所动，暗喻了在抗日战争中顽强不屈、敢于斗争的反抗思想。除此之外，动物崇拜也是满—通古斯文化自然崇拜的一个主要方面。如迟子建在《额尔古纳河右岸》中人与熊关系的描写，鄂温克族人把熊作为图腾来崇拜，并认为熊与人有亲缘关系，并将熊称为熊祖母。在满—通古斯文化的影响下，东北作家在文学创作中所要表达的不只是人对自然的崇拜，万物有灵和灵魂不灭的创作观念也是东北作家的共同特点。如刘庆在《唇典》中构建了一个人神共舞的萨满世界,老年的满斗在接受神灵的启示后,为死去的亲人安顿灵魂和复活灵魂而种植"灵魂树"。

由于满—通古斯文化的影响,东北文学在不同历史时期的叙事艺术有很大的不同。在现代东北文学中,以萧红和端木蕻良为代表的东北流亡作家,在叙事上呈现出类似满—通古斯口头文学的诗意化和散文化的艺术特点。如萧红在《呼兰河传》中主要运用了儿童视角,对果园描述采用了诗意化的叙事手法,将散发出浓浓诗意和生机盎然的自家花园展现在读者的眼前,并带领读者走进了这个浑然一体的诗化世界。此外,萧红在文学创作中经常采用具有明显散文化的片段描写和场景变换的叙事方法,如《看风筝》《广告副手》《牛车上》等这些短篇小说都没有完整的故事主线,只是通过描述片断和场景来展现人物的命运,并借以表达作家的思想感情。和萧红散文式的叙事艺术类似,端木蕻良经常会吸纳满—通古斯文化中神话、民间故事、民歌等艺术手法,将其天马行空、笔致跳脱的叙事手法充实到叙事结构中,从而作品中的叙事方式同样表现出典型的抒情化特征。如在《大地的海》中,端木蕻良对东北大地采用了诗化的叙事手法:"大地的海,在晨风里颤抖着,一垅一垅的折成皱纹,波涛冉冉的汹涌着。"[1]

在当代东北文学中,除拉美魔幻现实主义等外来影响之外,满—通古斯文化同样为马原、洪峰先锋小说的崛起提供了创新的契机,

---

[1] 朱涛.端木蕻良小说空间叙事研究[D].济南:山东师范大学,2015:45.

给予了先锋小说的叙事艺术无可替代的艺术源泉，并为当今和远古时代的相互沟通架设了一座隐形桥梁。在满—通古斯文化中，萨满是往返于神界与人间进行沟通的使者，在"跳神"时表现出了分身有术和变幻莫测的特点。在这种思想的影响下，马原对小说的叙事艺术进行了一次彻底的革命，借鉴了满—通古斯文化中自由和幻想的原始文化风格，在文学创作中赋予了叙述人多重身份，并随时可以进行置换，叙述人的这种分身术为作品增添了一种扑朔迷离且真伪莫辨的神秘色彩。如马原在《冈底斯的诱惑》中为追求如梦如真的叙事效果采用了"元叙事"的叙事手法，并构建了"马原的叙事圈套"❶。在第一级叙述者"我"之下，还有老作家和"你"两个二级叙述者及第三人称叙述者。通过对满—通古斯文化中原始自由主义精神和多元灵魂观的借鉴，马原等先锋作家在文学创作中赋予了叙述者萨满才具有的分身术，使先锋小说对叙事艺术的运用达到了新的高度。

对于当代东北文学而言，建立在万物有灵思想基础上的满—通古斯文化不但激活了马原等先锋作家的表现欲望和想象能力，而且使满—通古斯文化中非理性的逻辑秩序和多维性的时空在先锋小说中得以重现，并对传统叙事艺术进行了革命性的改变。与马原、洪峰等先锋作家不同，迟子建等当代东北作家继承和发展了萧红等现代东北作家的诗意化和散文化的叙事艺术。虽然迟子建在叙事艺术

---

❶ 吴亮. 马原的叙述圈套[J]. 当代作家评论，1987（3）：45-51.

上类似于萧红的抒情性散文化倾向,但是她们对满—通古斯文化书写的价值取向和判断方面却大有不同。萧红在《呼兰河传》中对"跳大神"等萨满宗教活动的神性书写意在揭露人性之恶,而迟子建在《额尔古纳河右岸》中刻画的萨满则是要牺牲自己的"小爱"来换取人间的"大爱",是对满—通古斯文化中健康精神意蕴的深度挖掘。

第四节 东北文学对满—通古斯文化的精神重塑

20世纪30年代的东北大地,中国人民生活在水深火热之中。生活在此时的东北作家历经苦难,尤其是由于东北沦陷而流亡至关内后,萧红、萧军、骆宾基、端木蕻良等作家对东北地区的地域文化进行了深刻的反思。在鲁迅先生对传统文化批判思想的影响下,东北作家坚持自觉的文化批判意识,向往科学民主,反抗封建压迫,并把文化批判的矛头指向了满—通古斯文化。在文学创作中,东北作家将满—通古斯文化中的萨满教文化和封建愚昧等同起来,表现出强烈的排斥和否定心埋,并凸显出萨满教对东北人民的戕害、麻醉和愚弄等负面影响。

萧红和端木蕻良在文学创作中都对萨满的宗教活动进行了细致的描写。萧红在《呼兰河传》通过对小城居民的愚昧、残忍、无知及萨满"跳大神"活动的深层刻画,将文化批判的锋芒指向了满—

通古斯文化所赋予东北居民的价值观念、思维方式。透过文字我们可以看到，呼兰河的居民被笼罩在萨满教的阴影下，人与人之间已经蜕变为原始的非人性关系，小团圆媳妇表面上是由于婆婆和乡邻的摧残致死，实际上这些人也都是萨满教的受害者和牺牲品，充分揭示了萨满教充满血腥的吃人性质。❶和萧红一样，端木蕻良也将文化批判的笔触指向了萨满教文化对人性的残害，在其抗战文学代表作的《大江》中塑造了不甘被萨满教压迫并在动手打了萨满后投入抗日洪流中的铁岭，表现出作家对萨满教的文化批判已经由心理对抗走向了精神觉醒，并开始了反抗斗争。

　　20世纪80年代中期，经历了文化批判后，中国作家开始对传统文化进行了理性、全面的反思，并发起了"文化寻根"之旅，对蕴含于传统文化中的传统意识、民族文化心理进行了深入的挖掘。❷郑万隆在小说集《生命的图腾》中延续了萧红和端木蕻良等现代东北作家对满—通古斯文化中萨满教的批判性态度，文中作家表达出东北边区现存的愚昧、落后及封建文化对人性的戕害，仍然是满—通古斯文化中落后的文化因子在起推波助澜作用的观点。但是在满—通古斯文化理念和艺术表现上，郑万隆与萧红等现代东北作家表现出很大的差异。萧红等现代东北作家的创作动机是利用文学对

---

❶ 王宏宇.萨满信仰与新时期东北文学的文化书写[D].西宁：青海民族大学，2015：10.
❷ 柳冬妩.打工文学与寻根文学的精神衔接——以王十月《寻根团》为例[J].创作与评论，2011（5）：95-97.

国民性进行彻底的改造，并采用写实主义的创作方法来揭示满—通古斯文化对东北人民的毒害，而郑万隆的创作动机只是想探究满—通古斯文化的潜在内涵，没有对萨满宗教活动的场面进行直接描写。

在对满—通古斯文化进行文化批判的同时，郑万隆也对其进行了客观的审视和分析，并对其合理的文化因子表现出了由衷的赞赏。在《我的光》中，纪教授的现代环境保护意识与老猎人信奉的自然崇拜产生了共鸣，使读者意识到作为原生态的满—通古斯文化仍然具有现代环保意识不可比拟的优势，其对自然的感恩和敬畏仍然值得现代文明借鉴。郑万隆的寻根小说里充斥着满—通古斯文化的身影，他一方面批判其愚昧落后、对东北人民精神的毒害，另一方面却赞赏满—通古斯文化中所蕴含的环保思想，表现出一种爱恨交织、难以取舍的复杂心理。在郑万隆寻根小说的影响下，当代东北作家对满—通古斯文化重新进行了客观、理性的审视，使其在当代东北文学世界里获得了重放异彩的机会，为最终完成当代东北文学对满—通古斯文化的升华起到了不容忽视的作用。

20世纪80年代中后期，马原、洪峰等先锋小说作家已经摆脱了郑万隆等寻根小说作家对满—通古斯文化爱恨交织的思想斗争，完全跳出了对其进行文学批判的旧思维和旧模式，并借助其哲学思想对小说的叙事艺术进行了彻底的革新。但是，先锋小说虽然完成了对满—通古斯文化的熔铸，也不再对其进行文学批判，却没有对其中合理的文化因子进行审美上的升华。

随着人们对传统文化客观、理性的反思，发现作为原始活态文化的满—通古斯文化中许多具有进步意义的因子对东北居民的精神追求和价值选择依然有着深远的影响。出生在我国满—通古斯文化核心区域——大兴安岭地区的迟子建敏锐地捕捉到了这种微妙的变化，创作了描写我国满—通古斯语族中鄂温克人百年民族史及心灵挣扎史的《额尔古纳河右岸》，这表明迟子建的创作触角已经触摸到了满—通古斯语族的精神原乡，揭示了满—通古斯文化的价值取向和审美底蕴，读者从字里行间能够解读出文字背后所蕴含的人类应敬畏自然、要与自然和谐共生的朴素生态哲学思想。刘庆的《唇典》从满—通古斯文化中的萨满教文化角度，描写了萨满教文化在面对现代文明的侵入而出现的系列问题，凸显了萨满教信仰在传统文化和现代文明碰撞中的黏合作用，崇尚携带东北居民文化基因和精神密码的悲天悯人的萨满精神，相信原始的满—通古斯语族的精神文化能够穿透历史迷雾，并解决人类在当今世界所面临的精神困境问题。

满—通古斯语族在漫长的历史进程中逐渐形成了能够体现其精神特质、生活习惯和思维方式的满—通古斯文化，该文化已成为东北地区地域文化的重要组成部分，对东北居民的精神气韵和价值取向产生了深远的影响。由于东北作家是在浸润着满—通古斯文化的氛围中成长起来的，在成长过程中形成了深厚的难以磨灭的文化心理积淀，因此，满—通古斯文化赋予了东北作家神性思想的精神内核，继而影响了东北作家价值观的文学表达，对东北文学具有生成性的作用和影响。对于现代东北作家而言，他们在文学创作中揭示的都是满—通古斯文化的负面价值和消极作用。但是，满—通古斯文化经过寻根文学的审视、先锋文学的熔铸及当代东北作家的理性分析，其积极文化因子已被当代东北文学挖掘出来并得到了进一步的升华，作家们对其建立在万物有灵基础之上的朴素生态哲学思想进行了弘扬，并感悟到满—通古斯文化中自然万物与人类自身的深层关系，希望在大自然中找寻生命存在的价值而达到"天人合一"之境。

第三章

当代东北文学对满—通古斯文化书写的重构

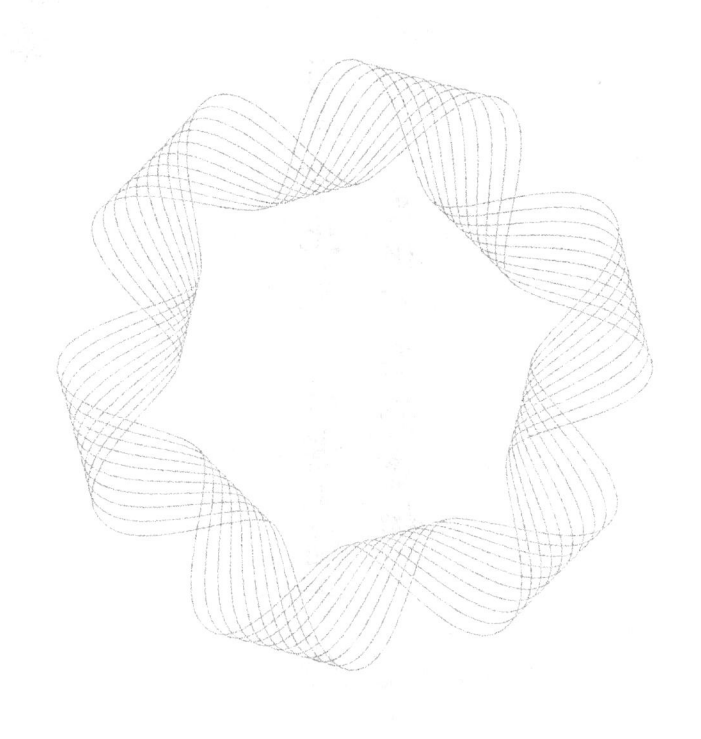

第三章　当代东北文学对满—通古斯文化书写的重构

中国东北寒冷的冬季、纵横的山地、宽广的平原、淳朴的民风、众多的民族、多样的文化，以及东北人魁梧的体魄、豪放的性格、坚强的信念，使在这种自然、地理、人文场域下发生的东北文学必然会带有与其他地区不同的地域文化印记，而东北文学的地域文化印记中最为独特的是对满—通古斯文化的传承和重构。满—通古斯文化是满—通古斯语族在漫长的历史进程中所形成的民族文化，他们信仰的萨满教在东北地区已从原始宗教逐渐发展成为一种浸透了萨满教精神的民间萨满文化，给东北各族人民的精神文化和心理世界带来了无法替代的影响，因而萨满文化已成了满—通古斯文化的代表性文化。后来，随着中原移民的到来，不同的移民文化和满—通古斯文化这一本土文化相互交融，形成了塑造出东北文学和文化风貌的东北地域文化。因此，东北文学的发生和发展都秉承着东北地域文化的特性、气质和风格，尤其是当代东北文学对满—通古斯文化的书写更是凸显出浓郁的民族文化和民族精神特质。作为当代东北文学独具一格的文化书写，满—通古斯文化书写的发生和发展有着厚重的文化渊源，它是满—通古斯语族传统文化和当代文化伦理碰撞交融的结果，并且在文学艺术构思、情节叙事艺术、文化审美意识等方面都体现出特有的文化价值和文学意义。

第一节 满—通古斯文化书写的兴起

文学作品是文化传播的主要载体之一，来自不同地域的作家因为背景文化的浸润必定会形成不同地域的文学风格。从而，现代东北作家在表现东北大地特有的雄壮与豪迈气息的同时，还凸显了东北地区独具的带有神秘和魔幻色彩的满—通古斯文化，如萧红的《呼兰河传》、端木蕻良的《科尔沁旗草原》、穆木天的《旅心》《流亡者之歌》都蕴含着满—通古斯文化的万物有灵思想。但是，现代东北作家认为，满—通古斯文化是封建文化，进而对其采取了文化批判的态度及排斥和否定的心理，在文学创作中对满—通古斯文化的书写主要是反映出其代表文化——萨满文化对东北人民的戕害和愚弄。随后在当代文学发展前期，国内文学创作的主旋律是反映革命现实主义的历史和现实题材，如《红旗谱》《苦菜花》《保卫延安》《野火春风斗古城》等，从而当时的东北文学对满—通古斯文化书写基本处于销声匿迹的状态。

1980年，文化寻根的文学思潮兴起，寻根文学在这种思想文化氛围影响下顺势而生。寻根文学的代表作家韩少功认为："文学有'根'，文学之'根'应深植于民族传说文化的土壤里，根不深，则叶难茂。"[1] 寻根文学作家郑万隆的故乡黑龙江爱辉是地处祖

---

[1] 韩少功.文学的"根"[J].作家，1985（4）：25.

第三章 当代东北文学对满—通古斯文化书写的重构

国边陲的满—通古斯语族传统聚居地区，浸润他成长的满—通古斯文化激发了他的创作灵感，并赋予了其文学作品的神性和灵性，而神秘的满—通古斯文化则成为他文学创作取之不尽、用之不竭的文学素材。毫无疑问，郑万隆脚下的"文化岩层"则是涵盖满—通古斯文化的东北地域文化。郑万隆在短篇小说《黄烟》中写道：千百年来一个古老的森林部落在每年山中"黄烟"升腾时，都要举行祭祀仪式，无论男女老幼都要跪倒在地，并把一年之中收获的最宝贵礼物奉献给神灵。"黄烟"已成了部落信仰的图腾，而部落中的一个少年却对此心生疑虑，冒着生命危险查明了"黄烟"的实质，却无法逃脱被族人处死的命运。而在《我的光》中，郑万隆塑造了信仰萨满教的鄂温克族老人库巴图和热爱大自然的现代生态科学家纪教授，前者的自然崇拜信仰和后者的现代环保意识经过碰撞、对抗后产生了共鸣，体现出原生态的满—通古斯文化在生态环保意识方面具有先进性，其对自然界的感恩和敬畏非常值得现代文明的借鉴。郑万隆作为寻根文学的代表作家，在他的寻根小说里散发着浓郁的满—通古斯文化韵味，但是作家对满—通古斯文化的态度却表现出了两面性：一方面批判其愚昧落后，另一方面颂扬其所蕴含的现代生态思想，对满—通古斯文化体现出了一种爱恨纠缠的矛盾心理。

同郑万隆对满—通古斯文化的矛盾心理不同，满族作家朱春雨在《血菩提》中试图通过文化寻根找出民族文化与现代文明的契合点，并在传统的民族文化中寻求民族性，以完成对民族传统文化和民族性格的自觉审视和反思。《血菩提》描写的故事发生在20世纪60年代，上山下乡的学生队来到位于长白山内一个叫巴拉峪的满族后裔聚居的小山村进行文化采风，并由此引出20世纪30年代在这片密林深处发生的残酷斗争的故事。其间作家进行了大量的满—通古斯文化的书写，文中穿插了各种有关巴拉峪人生活习俗、萨满教系列宗教仪式、禁忌文化、图腾崇拜、民族语言等的描摹，体现了作家对民族传统文化和精神的认同和反思。主人公之一的萨满爷一生都生活在巴拉峪，年轻时担任过东北抗日联军的地下交通员，饱受萨满文化的熏陶，后来成了巴拉峪人的最后一位萨满，从他身上折射出了巴拉峪人百年的历史变迁及渐行渐远的民族记忆。值得一提的是，小说中人物的典型性并不突出，但是却体现出了满族民族文化积淀下来的"民族性"，映射出了古老文化仍然具有勃勃生机。

文化寻根或者在寻根中找到族群归属的自我认同并不是寻根作家进行文学创作的目的，文化寻根也不是要完全回归传统文化，而是通过对传统文化的再认识和重新阐释，摒弃原有愚昧落后的文化元素，进而为迷失方向的现代文化在传统文化中探寻到适合的文化接受场，在传统文化与现代文化之间构筑起一座通往文化建构的桥梁。满—通古斯文化书写在当今文化趋同的背景下依然能够展示出古老文化的勃然生机，于豪迈粗犷中突出奋斗不止的精神指归，并在民族文化叙写中通过文化重构来建立起自己的文化支点，从而进一步拓展文化审美空间，表现出厚重的民族文化特征。进入 21 世纪以后，随着对传统文化中积极文化基因的发掘及先锋小说叙事艺术的影响，东北文学中开始大量书写满—通古斯文化及其他代表性的萨满文化，且书写维度也由寻根文学常识化书写的他者言说转向了体验式书写的自我表述。如迟子建于 2005 年发表的长篇小说《额尔古纳河右岸》，由鄂温克族最后一位酋长的妻子"我"用一天的时间讲述了鄂温克族近百年的沧桑历史，表达了作者对满—通古斯文化的体验式理解。昳岚是一位达斡尔族女作家，虽然达斡尔族不属于满—通古斯语族，但是达斡尔族也是世代居住在东北、信仰萨满教的少数民族，达斡尔族的萨满文化与满—通古斯语族大体相同。昳岚在 2017 年发表的长篇小说《雅德根：我的母系我的族》中同样采用了自叙式的叙事艺术，讲述了达斡尔族萨满苏如勤的后代衮伦是怎样从现代知识分子一步步趋近传说中神秘的萨满的。除此之外，刘庆于 2017 年发表的长篇小说《唇典》、郭雪波于 2011 年发表的长篇小说《大萨满之金羊车》、胡冬林于 2003 年发表的散文集《鹰屯：乌拉田野札记》等作品都对萨满文化进行了不同角度的书写。

第二节 传统文化的浸染与升华

　　满—通古斯语族诸民族及达斡尔族和蒙古族等北方少数民族自古以来就信仰萨满教。萨满教的产生是满足北方少数民族先民在漫长的历史发展中多重需要的结果，在当时原始落后的生产力条件下具有不可或缺的作用和价值。在北方少数民族先民的日常生活中，萨满教精神及其衍生的文化左右着他们的衣食住行、思维方式和精神活动。因此，萨满教不但是与北方少数民族生存和发展息息相关的"生存科学"，还是一种全民信仰的民间意识形态，主导着当时社会生活的每一个细部，并具有体现超越时空的多重价值。萨满教的核心观念之一是自然崇拜，体现了我们赖以生存的自然界、人类个体，以及个体身体与精神之间的和谐共生观念，凝聚着北方少数民族先民对自然界与人类本身的自省、朴素认知，映射出萨满教在生态保护领域的科学性，构成了北方少数民族认识到人类应与自然互利共生的思想基础。

　　古代北方少数民族长期过着原始的渔猎和采集生活，把自然界当作哺育氏族生存发展的母体，视自身为自然之子，将所获得的生产生活物资均视为大自然对自己的恩赐，在生产活动时对动植物给予了充分的尊重，并本着够用即可的原则有节制地向自然界索取，对自然界始终保持一颗敬畏和尊崇之心，因此逐渐形成了万物有灵和自然崇拜的萨满教古老宗教观念。在萨满教的信仰文化中，日月星辰、山川河流、草原湖泊、花草树木、飞禽走兽等世间万物均有生命和神性，因此演变出多种禁忌文化，这种古老纯真、朴素自然的原生态环保意识抑制了人类对自然界的无限索取，在客观上起到了保护自然、维持生态的作用，体现出促进人类与大自然和谐共生的思想观念。满族在入主中原后，把世居的白山黑水视为自己的龙兴之地，将长白山尊为"圣山"，并封禁了二百余年，充分体现了满族人的自然崇拜观念。满—通古斯语族诸民族及达斡尔族和蒙古族等少数民族在萨满教的自然崇拜观念基础上形成了与自然和谐共生的生态理念，把大自然及世间万物都视为同人类一样具有灵性，人类与自然万物和谐相处、互利共生，由此形成了一系列能够调节人与自然共生关系的禁忌文化，保障了人与自然的和谐共处。若将萨满教的这些观念置于现代语境中，会发现他们仍然具有一定的合理性和科学性。

我国是一个历史悠久的统一的多民族国家，各民族的传统文化都是中华民族文化不可分割的部分，在历史进程中经历了主体文化对多元文化的渗透、融合、解构、重构及重塑过程，最终形成了中华文化多元一体的格局。在中华民族的漫长发展过程中，既产生了董仲舒"天人感应"的哲学思想，也有荀子提出的"人定胜天"理论，但"天人合一"思想是中华民族先民在长期的生产生活实践中形成的对人类与大自然之间相互关系的一个主导性认知，也是我国传统生态文化的内核之一。我国古代哲学伦理著作《易经》写道："夫大人者，与天地合其德，与日月合其明，与四时合其序，与鬼神合其吉凶。"❶这是古代先贤对天人合一思想的初步阐述。继而，孟子发展了天人合一的思想，并将其扩展到思维领域，孟子说，"尽其心者，知其性也。知其性，则知天矣"❷。庄子认为，"天地与我并生，而万物与我为一"❸，重点突出了人与自然是统一的整体。在宋、元、明、清时期，程朱理学、许衡、王阳明、孙奇逢等都继承和发展了天人合一的思想。尽管在中国历史上王朝更迭频繁，中华民族的哲学思想灿若星辰、百家争鸣，但是天人合一的哲学观点自始至终贯穿于中国社会的发展。如果从文化角度来看，千百年来北方的少数民族文化同中原的汉文化始终在交汇中相互碰撞、融合和发展，两者之间的哲学思想也同样相互渗透交流。萨满教虽然发生并传承于祖国边陲，却兼具包容与开放的显著特征，因而萨满教中万物有灵、自然崇拜的观念也充分凸显了我国传统文化中"天人合一"思想对其的浸润与升华。

新时期❹以来，随着满—通古斯文化书写的兴起，尤其是针对其代表文化萨满文化的文学创作，无论是汉族作家还是少数民族作家对这一古老文化的价值取向和精神指向都聚焦在一个共同点之上，

---

❶ 刘彬."易经"校释译论[M].济南：山东人民出版社，2019：33.
❷ 孟子.孟子[M].吴天明，程继松，评析.武汉：崇文书局，2012：24.
❸ 庄子.庄子[M].孙通海，译注.北京：中华书局，2016年：39.
❹ "新时期"指新时期文学阶段，即1976年后中国文学家的创作阶段。

第三章 当代东北文学对满—通古斯文化书写的重构

即基于萨满教自然崇拜观念而形成的人与自然和谐共生的生态环保理念。郑万隆在20世纪80年代的作品中虽然表现了对满—通古斯文化持有的爱恨交加的矛盾心理，但是在《我的光》中通过纪教授的视角对鄂温克族老人库巴图的自然崇拜观念给予了赞赏，并肯定了萨满教的人与自然万物应该和谐共处的生态价值观。作为使鹿鄂温克人的第一位作家，乌热尔图在1980年至1990年创作了许多具有浓郁满—通古斯文化气息的文学作品。由于萨满教万物有灵、自然崇拜思想已经根植于每一个鄂温克族人的内心深处，从而在他的字里行间总是渗透出对自然界的敬畏之意，表达出强烈的生态意识。乌热尔图在小说中描写了许多工业化生产对自然界的破坏，他对工业化持批判态度的根源是采伐者对原始森林无底线的开发，从而导致林区自然资源迅速枯竭和生态系统处于紊乱状态。在《你让我顺水漂流》中，乌热尔图写道："这是一片糟透了的林子，山上的树早就被砍光了，就像被剃得溜光的死人脑袋，地上别说苔藓了，就连蘑菇都不长了。"❶ 在这片被砍伐的林子里，外来人为了灭鼠投放了很多老鼠药，导致前来觅食的驯鹿群由于吃了老鼠药而被毒死。在《老人与鹿》中，老人没有等到归来的鹿群，周围砍伐树木的电锯轰鸣声使鹿群受到惊吓而四散奔逃，难闻的工业化生产的味道弥漫在鹿群栖息地的上空。看到此情此景，老人不由自主地淌下了伤心的眼泪，最后摔倒在地上，把脸贴在地面上向自己的挚爱并已远去的

---

❶ 乌热尔图. 你让我顺水漂流[M]. 北京：作家出版集团，1996：121.

自然和谐家园告别。郭雪波在《大萨满之金羊车》中也把生态文学和萨满文化联系在一起，在文中展现了多重人与自然和谐相处的唯美画面，并抒发了对破坏人与自然和谐关系行为的痛恨之情，如小说中贪婪的努克为了一己之利，对翁格都山的掠夺性开发采取了纵容的态度，最后他在乘坐只有萨满专用的"金羊车"时被飞来的巨石砸死。迟子建同样对现代文明所造成的生态危机表示担忧，同时也由衷赞赏了鄂温克族对自然的敬畏、尊崇和感恩之心，如她在《额尔古纳河右岸》中写道："我们和我们的驯鹿，从来都是亲吻着森林的，我们与数以万计的伐木人比起来，就是轻轻掠过水面的几只蜻蜓。如果森林之河遭受了污染，怎么可能是因为几只蜻蜓掠过的缘故呢？"❶小说通篇充溢着浓厚的生态意蕴，表达出鄂温克族对自然的礼赞与敬畏，以及对渐渐远逝的和谐自然家园的珍惜与怀念，体现了满—通古斯文化中人与自然和谐共生的观念与中华民族传统文化中的天人合一的哲学思想。

第三节　生态观念的彰显和启迪

　　文化与文学的关系是无法分割的，文学能够凸显文化所蕴含的文明精华和精神品质，而文学的发展也要受到作家所处地域文化的影响。

---

❶　迟子建. 额尔古纳河右岸 [M]. 北京：北京十月文艺出版社，2008：247.

第三章 当代东北文学对满—通古斯文化书写的重构

正如著名寻根作家韩少功所言:"文学有'根',文学之'根'应深植于民族文化传统的土壤里,根不深,则叶难茂。"❶ 在文化寻根思潮的影响下,东北作家开始将文学创作的笔触深入满—通古斯文化领域。郑万隆的《异乡异闻》系列小说,乌热尔图的《丛林幽幽》《萨满,我们的萨满》《雪》《你让我顺水漂流》,敖长福的《猎人之路》,萨娜的《多布库尔河》,迟子建的《额尔古纳河右岸》《布基兰小站的腊八夜》,刘庆的《唇典》等都蕴含着丰富多彩的满—通古斯文化。因此,当代东北文学的满—通古斯文化书写在创作理念、主题意蕴、艺术风格及价值观念等方面都显示出不同的文化和精神特质,不但传承了民族文化根脉,而且努力使传统文化中的先进元素蝶变为适应现代发展需要的文化力量,为中国当代文学注入了新元素。

满—通古斯语族信仰的萨满教是一种建立在"万物有灵"观念基础上的原始宗教,先民们利用萨满教思想来解释现实社会和精神生活中的不同矛盾,并从信仰中获得在恶劣条件下生存发展所必需的精神力量。满—通古斯语族先民们对世间万物和变化多端的自然界完全无法理解和掌控,从而发展了多种超现实的理念来抗衡现实,将自然界视作自己的保护神。先民们采用各种宗教仪式、崇拜、禁忌来实现对人类开发和利用自然的限制和束缚,通过预测自然界的行为变化来适应不可抗拒的自然力,以维持人类与自然界之间的动态平衡,并在适应自然界的过程中衍生出了一系列满—通古斯文化。

---

❶ 韩少功.文学的"根"[J].作家,1985(4):25.

例如，迟子建的《额尔古纳河右岸》、萨娜的《多布库尔河》及乌热尔图的《丛林幽幽》中均描写了鄂温克族人在猎到熊以后要举行风葬仪式，还要像乌鸦一样"呀呀呀"地叫上一刻，让熊的灵魂知道吃它肉的不是人，而是乌鸦。在萨满教的观念里，自然不可预测的力量和变化无常的行为被满—通古斯语族先民们高度地宗教化和神圣化，因此日月星辰和飞禽走兽皆成了先民们信仰和崇拜的对象。在《丛林悠悠》和《七叉犄角的公鹿》中，乌热尔图对熊崇拜和鹿崇拜进行了大量的叙写。萨满教对人类利用自然的自我限制、对自然的尊崇敬畏、对世间万物的灵性赋予，使满—通古斯文化在物性的基础上又融合了灵性而具有双重属性，彰显了一种含蓄、质朴的生态伦理观念。

在满—通古斯语族先民的世界观里，大自然哺育了人类与世间万物，世间万物同人类一样都具有生命的意识或灵魂。在《多布库尔河》中，"我的族人从来不烧活着的树木，而选择自然死亡倒在地上的树木。玛鲁神灵说过，万物都有灵魂，而灵魂是平等的。活着的树木当然有灵魂，把站立的树木砍倒了，就是杀它呢"❶。《额尔古纳河右岸》中迟子建也写道"我们从来不砍伐鲜树做烧柴"❷。这些语句表达了鄂温克族与自然之间和谐共处的思想根源，他们平等对待世间万物，并对自然充满了敬畏之情，奉行着天人合一的生存理

---

❶ 萨娜. 多布库尔河 [J]. 江南, 2012（2）: 4.
❷ 迟子建. 额尔古纳河右岸 [M]. 北京: 北京十月文艺出版社, 2008: 67.

念。在满—通古斯文化中，人类与自然界及世间万物不是主宰与被主宰的二元对立关系，而是相互依赖、互惠共存。乌热尔图在《老人和鹿》中连续询问："孩子，告诉我，你爱山吧？……你爱林子吗？……你爱小河吗？……你爱山上的鹿吗？……孩子，你记住，就像爱你的兄弟，就像爱你的母亲，那样爱吧，爱吧。……人永远离不开森林，森林也离不开歌。"❶森林是鄂温克族、鄂伦春族等狩猎民族赖以生存的空间场域，象征着这些民族万物有灵的灵性世界，隐喻着触手可及、随处可见的精灵及民族的精神原乡。在《阿尔塔》中孟松贵深情地说："森林就是咱们的家，就是咱们的命根子。"❷莽莽原始森林哺育了鄂温克族和鄂伦春族，他们的民族文化发端于森林，并在万物有灵的观念支配下以保护森林为己任。孟松林在散文《家乡的小松林》中表示："倘若让我现在有什么祈求的话，我最希望的是家乡的森林，恢复它美丽、浩瀚、健康。"❸与鄂伦春族和鄂温克族狩猎传统不同，赫哲族是从事渔业生产的民族，他们感恩养育自己的黑龙江、松花江、乌苏里江，并尊重江里的各种鱼类。孙玉民在散文集《碧绿的明冰——孙玉民散文集》中问道："淳朴善良的赫哲人有史以来繁衍生息在母亲河——黑龙江上吮吸着母亲的乳汁，每天喝的鱼汤不就是黑龙江母亲洁白鲜香的乳汁吗？那么回报奉献给

---

❶ 乌热尔图. 老人和鹿 [J]. 绿叶，2005（7）：57.
❷ 孟松贵. 阿尔塔 [J]. 骏马，1998（4）：15.
❸ 敖荣凤. 鄂伦春族文学作品选 [M]. 呼伦贝尔：内蒙古文化艺术出版社，2016：367.

母亲的是什么呢？"❶从这些满—通古斯文化书写中可以看出，满—通古斯文化中蕴含着满—通古斯语族源于自然崇拜和万物有灵而形成的质朴生态伦理观念，展现出满—通古斯语族对人与自然关系的独到认知，面对这形态万千、姿态迥异的大千世界，他们以平等之心对待自然万物，凸显出满—通古斯文化中人与自然相互依存、万物一体的哲学思想。

随着现代文明的飞速发展，人类为了获取资源而大规模地涌入山林进行毁林开荒和捕猎，狩猎民族赖以生存的大兴安岭等原始林区遭到了破坏性的开采，他们的传统生活方式也发生了巨大的改变，甚至要不得不走出世代相伴的浩瀚森林去适应外面崭新的世界。乌热尔图在《你让我顺水漂流》中形容被砍光树木的山头就像被剃光的死人脑袋；在《有关大水的话题》中提到人类对大兴安岭生态环境的破坏导致这座天然屏障已经无力再为人类抵挡风沙和洪水；在《悔恨了的慈母》中金卡看到一排排像死尸一样躺在地上的树木而气愤地将伐木者的油锯扔到河里。萨娜在《卡克，卡克》中写道失去猎枪的猎民在面对黑熊被偷猎者无节制捕杀而越来越少时却无能为力；在《达勒玛的神树》中达勒玛和耶思噶两位老人为保护日益锐减的森林偷偷跑去破坏伐木者的工具和运输树木必经的道路。迟子建在《额尔古纳河右岸》中对几个外来偷猎者的描写也揭示出现代文明语境下人类的欲望和自私导致了生态环境的严重失衡。面对这

---

❶ 孙玉民. 碧绿的明冰——孙玉民散文集 [M]. 北京：中国戏剧出版社，2016：157-159.

种生态、生存及传统文化断根的危机,东北各民族作家们希望用文学创作的方式,书写"把森林视为自己的朋友和伙伴,把森林与氏族的命运联系在一起"❶的鄂温克等民族,通过诸如《额尔古纳河右岸》《多布库尔河》《越过克波河》《雪》《丛林幽幽》等文学作品对满—通古斯文化中建立在万物有灵思想基础上的生态伦理观念进行文学阐释和文化传播,以期唤醒人类对自然的尊重,重塑人类对自然的敬畏感,进而形成人与自然之间崭新的和谐共融关系。满—通古斯文化中所体现出来的朴素生态伦理观念,也是满—通古斯语族的一种原道精神。在这种朴素生态伦理观念的影响下,满—通古斯语族先民拥有一颗热爱自然、向往自然的心,将自己视为大自然的守望者,从而在满—通古斯文化中形成了一套保障人类与自然能够相互依存、和谐共处的潜在机制,这对现代文明进程中由于工业发展而导致的生态危机和环境破坏具有非常重要的启迪意义,并为现代社会的人们如何与自然界和谐共处及摆脱人性困境提供了可供借鉴的思路。

第四节 民族记忆的嵌入与重构

满—通古斯语族中鄂伦春族、鄂温克族和赫哲族是只有民族语言而没有文字的民族,民族文化的传承自古以来采取的是口承文学

---

❶ 阿本千.鄂温克历史文化发展史[M].北京:中国社会科学出版社,2015:23.

的方式，民族的历史文化在口口相传中进行世代传递。随着社会的飞速发展，传统的"口传"方式日趋没落，能够传承民族历史文化的老一代人日渐凋零，而年轻一代对体现民族文化的神话传说、民间故事也逐渐失去传承的兴趣，导致传统的民族记忆面临因失去传播途径而消失在历史长河的危机。以乌热尔图为代表的满—通古斯语族作家充分了解到传统口承文学对传承本民族文化血脉至关重要，因此在文学创作中自觉扎根于民族传统文化的土壤中，将民族丰富的传统口承文学作为滋育满—通古斯文化书写的重要文化资源。通过书面创作对这些口承文学进行文学艺术加工后，将其重构成具有神奇、荒诞、魔幻色彩的故事嵌入文学创作中，除了实现传承民族记忆外，还有益于渲染小说的神秘色彩和营造"陌生化"的艺术效果来激活读者的想象思维，并有利于形成独特的诗性浪漫叙事艺术风格。

乌热尔图是采用汉语书写的当代鄂温克族代表性作家，他的创作特点是对鄂温克族口承文学资源的充分运用。在故事情节发展的主线中，乌热尔图会随时地嵌入鄂温克族的口承文学及蕴含其中的诸如熊、鹿等具体形象，在保留这些形象原有的各种特征以外，会根据情节构思来拓展这些口承文学的初始意义。乌热尔图在《丛林幽幽》中，采用魔幻现实主义手法将鄂温克族关于熊图腾的神话与现实结合起来，并根据故事情节发展的需要对其进行了重构，凸显小说的神秘色彩和浓郁的民族性。《丛林幽幽》中，"熊娃"额腾柯是奇勒查部族猎人阿那金和乌妮拉的儿子，乌妮拉怀孕时曾经梦见一头熊在她隆起的肚子上按下掌印，继而额腾柯出生后他的后背就带着一个巨大的熊掌印，并且浑身长满黑毛，有尖利的牙齿，具有喜食蚂蚁等异于常人的特征，被托扎库萨满认为是鄂温克族祖先——熊的化身，后来与母亲一起拯救了整个部落。鄂温克族人认为自己与熊之间具有血缘关系，把熊作为鄂温克族的图腾崇拜对象和祖先神来尊崇，因而在漫长的岁月里形成了人与熊结合生育的鄂温克族图腾创生神话。《丛林幽幽》中乌妮拉虽然没有同熊结婚，但是额腾柯后背熊的掌印让她的丈夫阿那金怀疑熊就是孩子的父亲。如果我们带着鄂温克族图腾创生神话的记忆，从民族和神话的广阔视野中去品读这篇小说，就能够深度理解阿那金为何会产生这样的疑问，以及"熊娃"额腾柯意象产生的原因。由此可见，乌热尔图在文学创作中不是简单地将鄂温克族的图腾创生神话嵌入文本中，而是根据故事主线的发展需要对神话进行了解码和重构，使作品在整体上呈现魔幻现实主义色彩，并凸显鲜明的民族性。

  乌热尔图非常擅长描写鹿的形象，尤其是对怀孕母鹿的描写，在《七叉犄角的公鹿》《胎》《雪》等小说中经作家重构的各种鹿的形象和故事都能在《鹿废掉了两只眼睛》《鹿神通天》等鄂温克族有关鹿神话中找到相关踪迹及蕴涵。《雪》是乌热尔图嵌入和重构传统民族口承文学资源较多的作品之一。小说叙写了伦布列与申肯等人物形象在伦布列猎场撵鹿时所发生的故事，在文中乌热尔图嵌入了诸如《母鹿之歌》、火神神话、猎人行猎时祭拜山神仪式等多种类型的鄂温克口承文学，用书面语言将世代相传的民族传统生活图像立体而丰满地"记忆"下来。中华人民共和国成立以来，除鄂温克族文学获得迅速发展外，同样没有文字的鄂伦春族和赫哲族也开始了文学发展之路。鄂伦春族出现了第一位作家敖长富，著有浓郁鄂伦春民族特征的《猎人之路》《孤独的仙人柱》《猎刀》等文学作品。赫哲族作家孙玉民在1997年出版了原创小说《乌苏里船歌》，终结了赫哲族自古以来没有小说的历史。这些满—通古斯语族作家将自己的创作触角始终根植于民族口承文学之中，各民族的神话传说等口承文学也一直在滋育着他们的文学创作。满—通古斯语族作家在对口承文学进行艺术重构后，通过书面叙事架构起具有传统民族文化色彩的民族精神世界，充分体现出满—通古斯语族的价值观、历史观及情感观，在全面发掘自己特有民族文化的同时，希望将世代相传的口承文学、风俗习惯通过文学载体完整地传承下去。

第五节　汉族作家的认同与书写

中国56个民族缔造了绚丽多彩、博大精深的中华民族文化，在历史发展进程中不同民族文化之间的冲突、渗透、融合、互补，共同组成了丰富多样、丰满壮阔的中国文学，因而少数民族文学是中国文学的重要组成部分。少数民族作家通过书写民族历史和民族传统文化来完成自我身份的建构，或者为本民族在现代化进程中所面临的发展困境表达自己的困惑和忧虑。而致力于寻求中原主流文化缺失的原始野性、神秘质朴等文化资源的汉族作家，也产生了寻找差异、发现"他者"来增强文化自觉和文化自信的强烈愿望。因此，当今文坛上出现了一种不容忽视的文学现象，就是少数民族题材的文学创作已经不再局限于少数民族作家，很多汉族作家通过对少数民族文化资源的挖掘、整合、剖析进行了跨族别的文学创作，创作出了大量书写少数民族的优秀文学作品，如王蒙《在伊犁》的新疆书写、马原《冈底斯的诱惑》的西藏书写、迟子建《额尔古纳河右岸》和刘庆《唇典》的满—通古斯语族书写等。汉族作家的跨民族书写在主流文学与少数民族文学之间形成了一种新的文学形态，映射出汉族作家对少数民族文化的深度认知和文化认同，不但有效地增进了汉族与少数民族之间的文化沟通与交流，而且也对文学的多元化发展提供了全新的思路，开阔了少数民族文化的文学视域。

21世纪以来，传统文化的传承在全新数字经济时代面临着严峻的挑战，这激发了汉族作家对传统文化的忧患意识，他们希望能够在祖国边陲觅求到少数民族的优势文化基因，从而来为当代中华民族共有的精神家园提供有益的补充。当代汉族作家在进行跨民族书写时，首要前提是打破心理上的文化壁垒，对书写的民族历史和文化要有深度的认知，并在书写过程中转变自我的文化身份以进入所构建的精神世界，从而完成自我文化认同的建构。汉族作家通常以在少数民族地区经历的人生体验及掌握的异质文化为创作素材，探寻到汉族文化与少数民族文化之间具有互补性的文化资源，继而把少数民族文化中的优势文化融入文学创作中，使我国的当代文学流溢出别样的人文气象。需要指出的是，这种跨民族书写不仅体现在对少数民族先进文化元素的着重渲染上，还有对其传统优势文化的剖析、认同与恪守。汉族作家的跨民族文学创作正是在民族文化的同一性与差异性之间所进行的文化认同建构。因此，少数民族的神话传说、宗教文化、历史变迁、文化杂糅和日常生活均得到了汉族作家的充分重视。例如，汉族作家的这种文化自觉意识将文化选择自动地聚焦在少数民族自然崇拜和万物有灵观念上，并在他们的文学创作中进行了鲜活的呈现与诠释，使他们的少数民族书写文本彰显先进的生态理念。英国人类学家泰勒认为，"万物有灵崇拜是一切宗教的源泉，先于祖先崇拜、图腾崇拜和自然崇拜而存在"❶。纵观我国诸如萨满教等少数民族的原始宗教都蕴含万物有灵观念，这种观念是各民族神话传说等口承文学的精神原乡。万物有灵是人类在远古时期囿于生产力发展水平和对自然的敬畏而产生的思想观念，不

---

❶ 蔺春华.全球化语境下的中国少数民族文化认同——以当代汉族作家的民族叙事为例[J].科学经济社会，2012，30（4）：189.

第三章 当代东北文学对满—通古斯文化书写的重构

但影响着先民的精神活动和行为方式,还一直滋养着他们世代相传的口承文学。

迟子建出生在大兴安岭地区,在满—通古斯文化的浸润中长大,因此对于满—通古斯语族并不陌生,她在解释之所以选择鄂温克族的百年沧桑巨变来书写《额尔古纳河右岸》时说:"我之所以选择了这个题材,是因为我熟悉这个民族的一切。"❶迟子建自幼就知道敖鲁古雅鄂温克人世代居住在广袤的原始森林中,日携骄阳同行,夜邀星月相伴,心随自然共舞,信仰万物有灵的萨满教,与周围的自然万物世代维系着天人合一的和谐关系,正如小说开篇时"我"所言:"我不愿意睡在看不到星星的屋子里,我这辈子是伴着星星度过黑夜的。如果午夜梦醒时我望见的是漆黑的屋顶,我的眼睛会瞎的;我的驯鹿没有犯罪,我也不想看到它们蹲进'监狱'。听不到那流水一样的鹿铃声,我一定会耳聋的……我的身体是神灵给予的,我要在山里,把它还给神灵。"❷迟子建凭借自己对满—通古斯语族的深度认知,在文中用诗意温婉的语言精准地对鄂温克族的民族习性进行了深度的挖掘和剖析,表达了鄂温克人万物有灵的思想观念和对自然的酷爱与眷恋,传神地刻画出了他们已经与自然水乳交融的和谐状态。迟子建在对敖鲁古雅鄂温克人进行田野调查时发现,鄂温克人对大自然充满了敬畏之心,以至于花都不能随便采摘,树木也不能

---

❶ 王薇薇,迟子建. 为生命的感受去写作——迟子建访谈录 [J]. 作品,2007(8):4.
❷ 迟子建. 额尔古纳河右岸 [M]. 北京:北京十月文艺出版社,2008:4.

随便砍伐。在《额尔古纳河右岸》中,迟子建通过叙写鄂温克人原始的狩猎活动、特有的生活方式、质朴的民风民俗,以及各种萨满教的宗教仪式,对铭刻在鄂温克族灵魂深处的万物有灵信仰进行了全面细致的剖析和真切鲜活的呈现。鄂温克人在万物有灵观念的影响下,在漫长的历史进程中形成了行为和语言两种仪式化的表达方式,如祭祀、萨满神歌等。迟子建在小说中对这两种仪式化的表达方式进行了详细的描写,如"乌力楞"在猎到熊以后要举行风葬仪式,还要像乌鸦一样"呀呀呀"地叫上一刻,让熊的灵魂知道吃它肉的不是人,而是乌鸦;在山里打猎时看见刻有山神"白那查"头像的树木一定要叩头参拜,并敬烟、敬酒、敬供等。当满—通古斯文化遇到现代文明前所未有的文化冲击时,迟子建等汉族作家和乌热尔图等本民族作家同样对从远古走来、现在却渐行渐远的民族传统文化感伤惋惜,并通过自己的笔触为满—通古斯文化立言。当然,迟子建等汉族作家进行跨民族书写的目的并不是要坚守或回归满—通古斯语族的传统文化,只是通过文学创作进行的一种文化反思及对现代文明的警示。

综上所述,在新时期文学中文化寻根思潮的影响下,当代东北作家将创作视野聚焦在东北地域文化中的重要组成部分——满—通古斯文化。当代东北文学对满—通古斯文化的书写在融合、升华中华民族传统文化的基础上,在叙事艺术中融入了神秘主义和魔幻现实主义等多种创作方法,突破了现代东北作家们描写萨满文化以戏害人民为主题惯有的叙事方式和主题思想，进而关注和探寻满—通古斯语族与大自然和谐共生的奥秘，以生态思维来书写满—通古斯文化，实现了审美视域上从日常生活到自然界的拓展。在当代东北文学创作中，除乌热尔图、敖长富、孙玉民等本民族作家以外，浸润在满—通古斯文化环境中成长起来的郑万隆、迟子建、刘庆等汉族作家也对满—通古斯语族进行了具有明显文化溯源意识的跨民族书写，成为沟通主流文学和满—通古斯民族文学之间的桥梁，不但拓展了满—通古斯文化的生存空间，激活了其所蕴藏的生态环保意识，同时也赋予了当代东北文学新的文化张力，并表达了对满—通古斯语族传统文明在现代文明冲击下如何传承的忧虑。

第四章 当代东北文学中阿尔泰语系作家的萨满文化书写

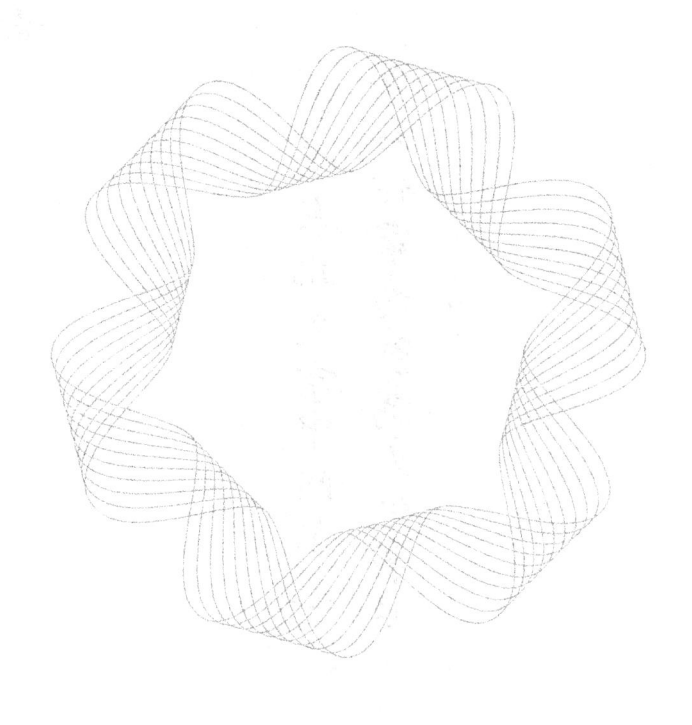

第四章 当代东北文学中阿尔泰语系作家的萨满文化书写

阿尔泰语系包括蒙古语族、突厥语族和满—通古斯语族，我国东北地区是阿尔泰语系蒙古语族中蒙古族和达斡尔族，以及满—通古斯语族中满族、锡伯族、赫哲族、鄂伦春族和鄂温克族的世居之地，其先民在东北大地世代过着采集和渔猎的原始生活，长期信仰萨满教。蒙古族虽然后来改信了其他宗教，但是时至今日萨满教依然对其生活方式和精神世界产生着重要的影响。由于生活地域、民族语系和宗教信仰相同，在漫长的历史进程中这些民族的先民所创造的神话、传说、故事等民间文学中均蕴含着鲜明的萨满文化。中华人民共和国成立后，少数民族文学在党和国家的重点关注和大力支持下迅速发展，不同体裁的文学作品佳作迭出，并且各民族的传统文学也得到了最大程度的保护和传承。当代，少数民族文学从20世纪五六十年代重点叙写各民族新生活的创作模式转变为对各民族风格的书写，主要创作趋向是对民族文化基因的探寻、民族文化风采的呈现、民族心理嬗变的剖析、民族文化危机的揭示及民族文化传承的思索。21世纪以来，随着经济的飞速发展和对外交流的全面扩大，少数民族文学也揭开了气势恢宏的历史新篇章。少数民族作家更加坚定了自己的民族身份意识，在传承民族传统文化的同时，开始探究人类与自然本真关系等方面的宏大主题，体现了少数民族文学全新的创作趋势。在少数民族文学蓬勃发展的历史背景下，鄂温克族的乌热尔图、蒙古族的郭雪波、达斡尔族的萨娜等东北阿尔泰语系作家保持着高涨的创作热情，通过对萨满文化的书写，在传统的民族文化中发掘优势文化基因，在民族的历史兴衰中凝练民族精神内涵，并在现代文明冲击下构建民族话语和表达民族诉求。

第一节 文化的记忆与阐释

长期以来，东北阿尔泰语系诸民族因为无法驾驭文化资本而导致自身的民族文化通常要通过"他者"的笔触来书写，从而无法发出自己的"声音"，并一度成为"他者"想象的能指。由于文化领域全球同质化的态势将长期持续并日趋严重，东北阿尔泰语系诸民族因文化自我保持、更新和再造能力的缺乏，其传统民族文化传承面临挑战。因此，东北阿尔泰语系作家开始从自我与"他者"的角度来思索传统民族文化的现状及未来，这表明他们的民族文化身份意识已经觉醒。觉醒后的东北阿尔泰语系作家认识到"民族文学书写从'看他'转向了'看己'，所谓的'己'，意思是开始正视自己本民族的存在，正视民族心理的历史变化，包括开掘自己本民族的优秀文化传统，剖析本民族文化心理，追寻民族文化之根等，还包括赞美性的描绘、审视式的反思和质疑，乃至探询本民族在当下的心理走向等所有方面在内"❶。因此，现代性语境下在与主流文化交流

---

❶ 刘俐俐.走近人道精神的民族文学中的文化身份意识[J].民族研究，2002（4）：47.

第四章 当代东北文学中阿尔泰语系作家的萨满文化书写

中如何保持民族传统文化和重塑民族文化身份,以及在文化交流中如何保持民族文化记忆和重构传统民族文化,已成为东北阿尔泰语系诸民族作家在当代进行文学创作的思想主旨。从而,东北阿尔泰语系作家在文学创作中出现了一种不可忽视的文学现象,即作家们通过"追溯族群渊源,彰显被正史系统遮蔽的族群过去的暗角,挖掘被无视和忽略的族群经历"[1]来重构自己的民族文化身份。这种文学现象导致许多东北阿尔泰语系民族文学采用了类似民族志的创作方法,并通过重点书写民族特征文化——萨满文化来深化民族文化记忆和阐释民族精神特质,作品呈现出浓烈的文化表述功能,在对萨满文化的充分展示中凸显了对自我民族文化身份的认同和民族历史文化的记忆。

东北阿尔泰语系作家文化身份意识觉醒的重要标志是对传统民族文化反思后通过萨满文化书写的自我言说,作家们认识到民族文化是一个民族得以存续发展的智慧与灵魂,文化自信是一个民族能够持续发展的必要条件,文化身份是文化自信坚实的基础,而没有文化身份则不可能具有坚定的文化自信。因此,在东北阿尔泰语系民族文学领域中出现了大量的萨满文化书写,在呈现出与其他文学形态不同审美特征的同时,萨满文化书写也丰富了民族文化记忆和阐释的形式与维度。另外,基于重构民族文化身份的现实性焦虑,东北阿尔泰语系作家在进行萨满文化书写来展示其民族文化记忆时,

---

[1] 刘大先. 叙事作为行动:少数民族文学的文化记忆问题[J]. 南方文坛,2013(1):45.

会自发地选取"那些能最大限度呈现其民族性的独特地域景观作为其认同对象,地域性空间建构就成为这一文学的基本特征"❶。在这些作品中,通过文学建构的地域景观承载了所书写萨满文化的多重意蕴,而作家所要表述的民族文化记忆则又利用这些地域景观得以实现。鄂温克族作家乌热尔图的《丛林幽幽》《老人与鹿》《森林里的歌声》《萨满,我们的萨满》《敖鲁古雅祭》《玛鲁啊,玛鲁》《琥珀色的篝火》等均发生在"森林"这一独特的地域景观内,作家为当代东北文学谱系引入了一个特有的场域;蒙古族作家郭雪波的《大萨满之金羊车》《银狐》《霜天苦荞红》等,重复建构着回荡萨满神歌的科尔沁沙地;鄂伦春族作家敖长福的《猎人之路》《阿金达》《白桦林的回忆》《那多里河畔的日夜》《诺敏河畔的篝火》等,创作笔触始终流连于萨满文化的根脉大兴安岭;达斡尔族作家萨娜的《有关萨满的传说与纪实》《流失的家园》《金色牧场》《白雪的故乡》《天光》等,展现了作家对浸润着浓郁萨满文化"达斡尔小镇"的反复书写。毋庸置疑,东北阿尔泰语系作家选择萨满文化书写来作为地域景观的文化建构是源于主流文化冲击下重塑民族文化身份的现实需要,作家们努力通过笔触将民族文化记忆展现出来,期望在自己构建的地域文化空间内拥有清晰的民族文化身份,体现出民族传统人文精神和现代文明的冲撞融合,从而探寻出传统民族文化的底蕴。

---

❶ 李长中. 民族志写作与人口较少民族书面文学的身份叙事 [J]. 社会科学家, 2014 (2): 130.

乌热尔图可以说是书写民族文化记忆和阐释的固执践行者，他将文化之根深植于鄂温克族传统民族文化的沃土中，鄂温克族的萨满教信仰及丰富的口承文学资源决定了他文学创作的素材来源和叙事艺术。萨满在鄂温克族的生活中至关重要，在祭祀祖先、山神、治病，甚至是选择新营地时都需要萨满与神灵进行沟通，毫不夸张地说萨满文化已经渗透到鄂温克族的每一个生活细部。作为鄂温克族历史上第一个有影响的作家，乌热尔图书写了许多记录敖鲁古雅鄂温克人在进入现代社会之前的生活状态及充斥在他们生活中的萨满文化，并凝练、呈现和传播了鄂温克族的民族精神，这些作品承载了鄂温克族的历史文化记忆及文化阐释。《萨满，我们的萨满》《丛林幽幽》等作品在某种意义上已经具有了文学民族志的性质。《丛林幽幽》是乌热尔图发表于1993年的最后一部虚构型中篇小说，小说依据鄂温克族图腾神话中的人熊婚配神话，采用魔幻现实主义的创作艺术手法，并结合鄂温克族现实生活对萨满文化进行了类似于人类学式的阐释。小说的叙事线索是奇勒查家族的猎手阿那金及其族人和被称作"赫戈蒂"巨熊之间的纠葛。故事开始时奇勒查家族与赫戈蒂之间处于敌对关系，最后人们猎杀了赫戈蒂并在它的胃里发现了额沃（老祖母）乌里阿的玉石手镯，托扎库萨满的一番言论让族人相信赫戈蒂就是他们的额沃。乌热尔图在这篇小说中详尽地描写了萨满教玛鲁神和舍利神等多种神灵及万物有灵观念、自然崇拜、祖先崇拜、图腾崇拜、萨满宗教仪式、神话传说等丰富多彩的萨满文化。除此之外，乌热尔图在《雪天里的桦树林》《梦，还有猎营地捅刀子的事》《小别日坎》中对民族历史记忆的叙述，在《一个猎人的恳求》《棕色的熊》中对熊图腾信仰的述说，在《老人与鹿》《七叉犄角的公鹿》中对鹿崇拜的描写，在《萨满，我们的萨满》《你让我顺水漂流》中对萨满"跳神"仪式民族志式的书写，在《丛林幽幽》中对鄂温克族人风葬习俗和生育禁忌的真实描摹，在《雪》中对自然崇拜和万物有灵观念的叙写，都向读者细致地展现了鄂温克族的历史文化记忆。这不仅是一种将历史原型进行的当代文学转写与阐释，更重要的是凸显出萨满文化在当代文学叙写中的一种返魅思潮。作家通过文学创作将世代口口相传的民族历史文化固化下来，使其成为类似民族历史的文化遗产及可以传承的精神源头。由此可见，东北阿尔泰语系诸民族作家之所以选择萨满文化书写进行民族文化记忆和阐释，主要是源于"自我民族文化心理和现实处境双重视阈融合后的必然选择，并使之成为彰显人口较少民族书面文学独特价值和文化身份认同的必要方式"❶。

---

❶ 李长中. 民族志写作与人口较少民族书面文学的身份叙事 [J]. 社会科学家, 2014（2）: 130.

第二节　文学的认知与传播

东北阿尔泰语系诸民族在漫长的历史进程中均信仰萨满教，并形成了可以被视为"地方性知识"代表的萨满文化。近年来，东北阿尔泰语系作家采用萨满文化书写进行民族文化记忆和阐释的现象日益增加，萨满文化已成为东北阿尔泰语系诸民族最为适合的话语表征。扎根于传统民族文化沃土的东北阿尔泰语系民族文学，常常能够艺术化地复现出自己的民风民俗，展示自身的文化习俗与思维模式，现已承担起展现萨满文化这一代表性"地方性知识"的重任。东北阿尔泰语系民族文学是东北阿尔泰语系诸民族在漫长历史进程中形成的物质文化与精神文化在文学领域中的表达，记载了时代的历史演变，是对于民族文化传统、风俗习惯、宗教信仰等方面的再次重申和全景展现。其中，萨满文化因新时期东北阿尔泰语系民族文学的书写而得以艺术化地呈现在世人眼前，既强化了本民族民众对民族传统文化的认知和民族文化身份的认同，也能够让萨满文化突破地域限制进一步拓展传播空间，展现出东北阿尔泰语系独特的民族传统文化和精神特质，极大地丰富了东北文学的空间意蕴和审美体验。当代东北阿尔泰语系民族文学也因承载具有鲜明民族特色、独特地域色彩和厚重文化底蕴的萨满文化而凸显出自身特有的文学和文化价值，萨满文化所赋予的差异化审美使东北阿尔泰语系民族文学赢得了更多的关注，有力地促进了东北阿尔泰语系民族文学的发展。

文学介入社会生活并发生作用的基础是文学形式的认知功能，认知是读者对文学的理解体验和审美感知的前提和基础。"认知功能是少数民族文学地方性知识最具标识性的功能，是显在的、直观的。"❶ 对于当代东北阿尔泰语系民族文学而言，在创作主体上选取了最具有代表性的"地方性知识"萨满文化作为书写素材，这既是东北阿尔泰语系作家熟悉并擅于叙写的民族文化题材，也是作家们通过艺术加工最容易形成民族文化身份认同的重要媒介，并可以进一步强化与主流文学的区分度。此外，东北阿尔泰语系作家把浸润自己成长的萨满文化写入文学作品，通过文学创作全面地展现自身传统的生产生活方式，在呈现独特民族传统文化与精神维度的同时，也易于读者对与自己文化身份差异化较大的萨满文化的理解和认知。满族作家边玲玲的作品对母族文化传统进行了深层次的挖掘，如《白杜鹃》中书写的满族萨满为民俗学家林教授进行专注忘我的"萨满跳神"、《德布达理》中女主人公对满族古老民歌"德布达理"的找寻等，都体现了作家对于满族风俗及复杂而矛盾民族心绪的表达，其作品将当代东北阿尔泰语系民族文学具有的萨满文化特性鲜明地呈现出来。在萨满文化熏染中长大的达斡尔族女作家昳岚的《母

---

❶ 曾斌.地方性知识：少数民族文学的认知与传播功能[J].民族文学研究，2020（5）：33.

亲家族》《雅德根：我的母系我的族》等作品采用了自传式的内在型叙事手法，内容取材于自身的历史文化传统和现实生活，作家通过笔触逐步激活了达斡尔族隐形的传统文化知识及个人信仰观念，呈现出苏如勤家族离奇多变、神秘难测的雅德根（萨满）历史，映射出以萨满文化为外在特点的浓郁的民族文化特质。与其他书写萨满文化的作家不同，昳岚亲身经历了从一名普通人到萨满的漫长过渡阶段，使这篇小说拥有了与众不同的具有介入性和体验性的创作素材。昳岚直言不讳地指出，"这部作品不仅仅是展现母系和族人的苦难人生，更是要将自己超出萨满轮回的方法诉诸世人，希望于世人有所借鉴"❶。当代东北阿尔泰语系民族文学对于萨满文化自发的建构，使其无论是具体人物的塑造、故事发展的推动，还是意境的营造、气氛的融入、审美的观照等方面都呈现出了浓烈的民族特质。

当代东北阿尔泰语系民族文学通常由于萨满文化的书写而具备了鲜明的标识性特征，文中萨满文化的认知功能主要表现为在叙写过程中体现与自身生存和发展紧密相连的生产生活和精神领域等方面，从而凸显自身的地域性和民族性特征。在《萨满，我们的萨满》中，乌热尔图采用直诉式言说叙写了一位鄂温克族历史上真实存在的萨满——达老非，在穿着萨满神袍为外来游客被迫表演时倍感屈辱后，喊出"我——是———头　熊"并最终自愿葬身于熊

---

❶ 刘绪才. 21世纪以来达斡尔族小说创作中的萨满书写：两个维度[J]. 民族文学研究，2020（2）：129.

腹，完成了灵魂与熊合为一体的愿望，强烈地折射出鄂温克族熊图腾信仰的萨满文化信息。乌热尔图的文学创作大多围绕着鄂温克族的口承文学等民族历史记忆展开，表达出强劲的文化认知功能。可见，新时期东北阿尔泰语系民族文学为萨满文化提供了一个高效的承载空间和传播途径，有利于其在现代文明冲击下获得更好的传承和保护。

  传播功能是当代东北阿尔泰语系民族文学对萨满文化的重要功能，主要是源于该民族文学对萨满文化书写形成的特色文化集成而引起了"他者"的关注，从而通过文学作品的流传实现了对本民族萨满文化的传播。借助这种传播途径，与传统萨满文化口耳相传的古老方式相比，被承载于文学作品中的萨满文化传播则进入了更加广阔的接受空间，并在接受的过程中不断地被重构和再传播，有时还可能会发生意蕴增殖的现象。与此同时，当代东北阿尔泰语系民族文学中对于独特地域景观的建构，使萨满文化的呈现也变得更加真实、形象。许多东北阿尔泰语系作家进行文学创作的内因是出于对自我民族文化身份意识的强化及对于民族传统文化传承的关注，通过书写以萨满文化为代表的"地方性知识"来表达自己的现实性焦虑和对未来的思考，萨满文化的书写就是作家对于自身民族文化身份的认知与确证。蒙古族作家郭雪波出生在内蒙古自治区的科尔沁沙地，他的小说很多以自己的出生地为背景。自20世纪90年代以来，郭雪波一直有意识持续进行着萨满文化书写，且毫不讳言地说道:"萨满文化是我的精神家园。……我的父亲和姥姥都是萨满文化传承人,受家庭影响,这种文化基因也在我血液中流淌。"❶郭雪波的言说彰显出他的文学创作自始至终地根植于自己的故乡传统文化中。郭雪波曾经动情地说:"虽然我现在常年居住在北京,但是我的心还是在我内蒙古大草原上,在我的故乡科尔沁沙地,那里是我文学创作灵感的来源,那里是一片令我魂牵梦萦的富有灵性的土地。"❷郭雪波的《乌妮格家族》《天风》《大萨满之金羊车》等作品都聚焦于对萨满文化的书写,洋溢着浓郁的地方性和民族性,文本中经由审美选择而创造性转化后的萨满文化随着小说的传播,让更多的读者能够全方位地体验和关注蒙古族的萨满教信仰和萨满文化。与之相似,达斡尔族作家萨娜以"小说的方式,来追溯民族的历史,追溯以萨满为标志的精神渊源"❸。她创作的《哈勒峡谷》《皈依》《有关萨满的传说与纪实》《阿隆神》《多布库尔河》《敖鲁古雅,我们的敖鲁古雅》等均出现了大量的萨满文化书写,充分表明"萨满文化成为萨娜小说的精魂"❹。可见,东北阿尔泰语系作家的萨满文化书写,在深化民族文化身份意识的同时,继而随着作品对"地方性知识"的呈现而得以进一步扩展和传播。

---

❶ 三色堇.郭雪波:用写作守护"精神草原"[N].申江服务导报,2012-05-09(3).
❷ 郭雪波.银狐[M].桂林:漓江出版社,2006:3.
❸ 萨娜.没有回音的述说[J].作家,2002(3):5.
❹ 崔荣.论中国当代萨满题材小说的多元意识与独异风格[J].民族文学研究,2017,35(6):149–155.

第五章 多样化思潮与当代东北文学的满—通古斯文化书写

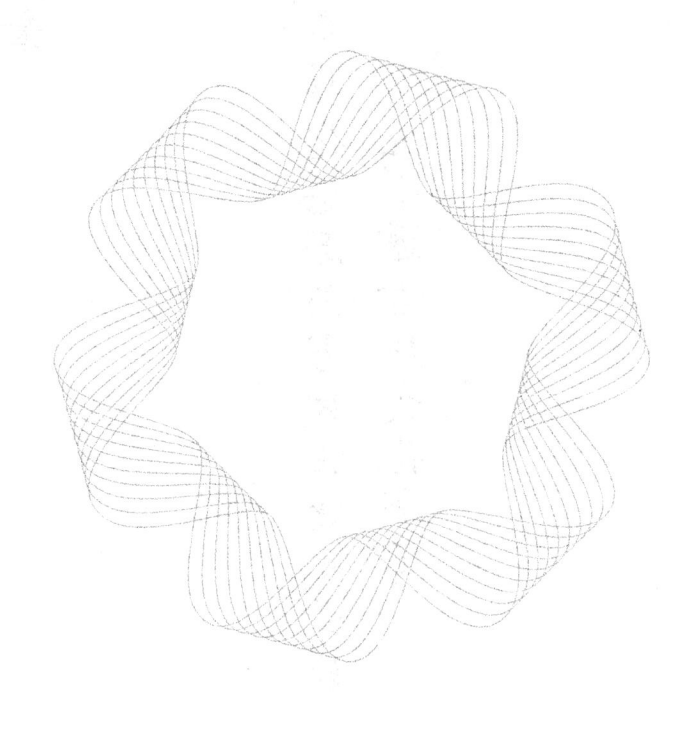

非现实性文化是我国传统文化重要的组成部分,但是在新文化运动后逐渐淡出了中国文坛。中国文学进入新时期以后,非现实性文化书写开始复苏。进入 21 世纪以来,东北文学中非现实性文化书写主要集中在萨满文化书写上,此类文学作品主要聚焦于作家所属民族或故乡的神性原乡上,并进一步解构其民族或故乡在漫长的历史进程中所孕育和传承的民族文化,从而匠心独具地创设出带有浓郁异质化色彩的文化属性。因此,21 世纪东北文学中的萨满文化书写大多在宗教信仰、口承文学、习俗禁忌及精神世界等微观表述上施以浓墨重彩,其创作底色及主色调主要表现为非现实性民族文化书写。非现实性文化书写在中国文坛的变化轨迹,对 21 世纪东北文学书写维度产生了重要的影响。

第一节　新时期多样化思潮复苏了非现实性民族文化书写

中国是具有悠久历史文化的文明古国,在发展进程中非现实性文化成为中国传统文化的重要组成部分,历代文人都乐于采用非现实性的创造手法来描写传统文化,折射出了其对于宇宙、自然和人生的困惑与敬畏之心。与尊重写作原型的写实文学不同,非现实性文化书写的创作完全不受作家所处时空的约束,可以天马行空地创意、不拘一格地建构、倜傥不羁地叙事，毫不夸张地说非现实性文化书写为我国的文学创作开创了一条洒脱浪漫的叙写方式。20 世纪 20 年代，鲁迅先生在《中国小说史略》中对中国非现实性文化书写的源流作出了简要的概括："中国本信巫，秦汉以来，神仙之说盛行，汉末又大畅巫风，而鬼道愈炽；会小乘佛教亦入中土，渐见流传。凡此，皆张皇鬼神，称道异灵，故自晋讫隋，特多鬼神志怪之书。"❶ 从先秦时期《山海经》中的神话传说到魏晋时期《搜神记》和明朝《西游记》中的神仙妖怪，以及清朝《聊斋志异》中的妖魔鬼怪的描写，"书中所叙，多是神仙，狐鬼，精魅等故事"❷，充分体现了非现实性文化书写在我国的传统文学中占有非常重要的一席之地。

但是，进入 20 世纪后，受西方启蒙思想的启迪，中国新文化运动兴起，科学与理性精神成为中国文学界的主流思想。陈独秀在这场运动中指出，"要拥护那德先生，便不得不反对孔教、礼法、贞节、旧伦理、旧政治。要拥护那赛先生，便不得不反对旧艺术、旧宗教。要拥护德先生，又要拥护赛先生，便不得不反对国粹和旧文学"❸。因此，当时的文学创作者们在新文化运动的影响下，秉持批判的态度对非现实性文化的书写进行了否定，如《菊英的出嫁》《长明灯》

---

❶ 鲁迅．中国小说史略 [M]．上海：上海古籍出版社，2014：32.
❷ 鲁迅．鲁迅全集（第 9 卷）[M]．北京：人民文学出版社，2005：343.
❸ 陈独秀．独秀文存 [M]．合肥：安徽人民出版社，1987：242-243.

《呼兰河传》《红灯》等。从而，非现实性文化书写逐渐淡出了当时的中国文坛。20世纪50年代至70年代，文学创作的主体是反映革命现实主义的历史和现实题材，如《红旗谱》《苦菜花》《吕梁英雄传》《平原枪声》《保卫延安》《野火春风斗古城》等，非现实性文化书写基本销声匿迹。

进入新时期后，随着文学反思与写实思潮、文化寻根思潮、艺术探索思潮，以及世纪之交多样化思潮在中国文坛的相继涌现，非现实性文化作为传统文化格局中重要的一元也渐渐开始了复苏。20世纪80年代，文学创作者们借助宗教、命运和感悟来进行文学反思，结果作家们不但从宗教等非现实性文化中获取了希望，这种希望还激起了他们对非现实性文化的创作热情。例如，礼平在1981年发表的小说《晚霞消失的时候》从宗教的角度开辟了反思文学的崭新思路，并为世人重新理解宗教提供了新思维；郑万隆于1986年在小说《我的光》中写出了纪教授发现信仰泛神论的老猎人库巴图对自然界的认识竟然与现代生态环保思想具有异曲同工之处。在这种思想的指引下，"科学的泛神论者"马原写出了许多诸如《喜马拉雅古歌》《冈底斯的诱惑》《拉萨河女神》《康巴人营地》等变幻莫测的西藏故事。贾平凹也自称在非现实性文化中获得了巨大的乐趣，并于1987年发表了具有乡土魔幻特色的小说《瘪家沟》，文中叙述了许多非现实性的故事：信仰基督教的候七奶奶在患上癌症后居然拥有了超自然的能力，她预言了自己的死期及死亡当天会出现五个太阳，而后发生的事实确实如她所言；木匠的爷爷盗墓时发现遗骸的白绢上写着当天就是盗墓者的死期，木匠的爷爷果真就吓死在墓穴里。这充分表明此类小说已经回归了中国古代"志怪"类小说的非现实性文化书写，只是稍稍有些魔幻而已。

进入20世纪90年代，非现实性文化的书写进入了正式的复苏期。张承志于1991年在《心灵史》中渲染了信仰的伟大力量，文中充斥着各种不同于现实世界的历史观。同年，贾平凹在小说《烟》中建构了一个神秘色彩浓郁的魔幻故事。值得关注的是，除了小说之外，马丽华于1986年后发表了《藏北游历》《西行阿里》《灵魂像风》等长篇散文和散文集《追你到高原》《西藏之旅》等来表达对藏传佛教的赞赏。文学界宗教主题热度居高不下之际，文化书写也出现了从单一的现实性书写进入了与非现实性文化书写并存的现象。文学"湘军"致力于从古老的楚文化中探寻绚烂璀璨的生命感，在一系列的文学创作中折射出了神秘绮丽的楚文化特色，如韩少功的《鞋癖》，蔡测海的《楚傩巴猜想》，何立伟的《关于刀的故事》，等等。与此同时，"陕军东征"[1]的系列小说《白鹿原》《最后一个匈奴》《废都》《白夜》等也同样散发出了浓郁的陕西非现实性文化色彩。谈及20世纪90年代非现实性文化的书写，藏族作家阿来于1998年发表的《尘埃落定》则要特别予以关注，小说在浓郁的藏传佛教文化氛围中书写了藏区的异域风情和土司制度盛极而衰的历程，神性

---

[1] "陕军东征"是20世纪90年代的一种文学现象。

描写主要落笔在能够未卜先知的二少爷身上,其中有很多荒诞神奇的故事场景。

第二节 西方魔幻现实主义激活了非现实性民族文化意识

改革开放后,非现实性文化书写的缺失导致文学创作专意于现实主义叙写,如北岛的《波动》、蒋子龙的《乔厂长上任记》、叶辛的《蹉跎岁月》、李国文的《花园街五号》、古华的《芙蓉镇》等。其中,路遥的《平凡的世界》不同于其他知青小说重点书写知青在农村受苦的记忆,而是落笔在回乡知青努力向上的不平凡经历。随着旧的思想束缚被打破,文学界也摆脱了原有的思想禁锢而涌现出多种文学思潮,这促使蛰伏文坛多年的非现实性文化书写借助叙写与反思传统文化的思潮开始了缓慢的复苏。韩少功在追寻楚文化遗风的道路上发挥了湖南人乐于幻想的文化特征,发表了系列带有非现实性色彩的小说。在《爸爸爸》中韩少功塑造了一个具有神秘色彩的没有父亲、身体畸形、无法表达的丙崽,他时而是遭人愚弄的白痴丙崽,时而是令人敬畏的丙仙,并描写了鸡头寨里的村民唱古、祭谷神、"花咒"等非现实性文化现象。韩少功的其他作品《鞋癖》《女女女》《归去来》等也散发着浓郁的巫风。贾平凹擅于从故乡的志怪传奇中汲取创作灵感来增加文学的审美特质和文本的耐读性,如在《太白山记》中就讲述了多个与商州鬼神等非现实性文化相关的荒诞不经的故事,通过营造非现实性的文学氛围来表达多重的文学意蕴,有的评论者将其称为"新聊斋"。在长篇小说领域,陈忠实的《白鹿原》、莫言的《丰乳肥臀》、阿来的《尘埃落定》等作品将非现实性文化独具匠心地嫁接在现实主义小说的叙写中,从而悄无声息地破除并融合了现实主义小说和神魔志怪小说之间多年形成的思想壁垒。这种创作现象出现的原因,固然可以理解为社会变革促动、思想禁锢破除、传统文学承继和文化寻根使然等多方面的影响,但是来自西方的魔幻现实主义对中国作家非现实性文化意识的激活也不容忽视。

随着拉美魔幻现实主义文学的代表作《百年孤独》于1982年获得了诺贝尔文学奖,魔幻现实主义思潮涌入中国并激活了中国文坛仍处于复苏状态的非现实性文化书写。中国作家对魔幻现实主义文学作品给予了高度赞赏,莫言评论道:"《百年孤独》这部标志着拉美文学高峰的巨著,具有惊世骇俗的艺术力量和生命力量。"[1] 魔幻现实主义思潮进入中国后,能够被当时中国作家迅速认同、快速接受及创造性地运用,除了能够满足中国文学艺术创新的需要以外,作家文化背景中多元传统文化对魔幻现实主义的迎合也是毋庸置疑的。中国文学对神魔志怪内容的书写具有悠久的历史,从而具备接受拉

---

[1] 莫言.两座灼热的高炉——加西亚·马尔克斯和福克纳[J].世界文学,1986(3):298.

美魔幻现实主义这种异质文化的生存土壤。魔幻现实主义思潮进入中国后，与正在缓慢复苏的非现实性文化书写骤然契合，继而进一步地激活了中国人对传统非现实性文化的久远记忆，同时令仍对传统文学探寻和困惑的中国作家们找到了沟通传统非现实性文化和现实主义书写的理论桥梁。

根据改革开放后的文学思潮、书写模式和创作群体来看，中国文坛受魔幻现实主义影响最大的应是寻根小说及西藏作家群文学创作中的非现实性文化书写。中国文学界20世纪80年代文化寻根思潮骤然兴起的原因除自身发展的必然性以外，涌入中国的魔幻现实主义对其也有刺激作用，如韩少功的《爸爸爸》、郑万隆的《异乡异闻》、贾平凹的《商州世事》等寻根文学都带有魔幻现实主义的烙印，并将散发浓郁神秘气息的原始信仰、鬼怪神灵写入作品中。此时的莫言也将创作目光投向自己的故乡，运用了魔幻现实主义的创作方法，在书写民风民俗的基础上悄然融入了故乡的泛神崇拜和荒诞不经的民间传说，令其文学作品呈现出浓郁的非现实性文化氛围。莫言从不讳言魔幻现实主义思潮对其文学创作的影响，他说："像我早期的中篇《金发婴儿》《球状闪电》，就带有明显的魔幻现实主义色彩。"❶ 魔幻现实主义思潮对奇幻故事情节的处理及艺术表达方式给中国寻根作家带来了别样的创作灵感，从而极大地激活了作家们书写中国非现实性文化的创作欲望。《白鹿原》中那个变幻

---

❶ 莫言，王尧. 从《红高粱》到《檀香刑》[J]. 当代作家评论，2002（1）：10.

多端且踪迹难寻的"白狼",田小娥的借体还魂及象征其阴魂不散的飞蛾;《泥日》中惨死的参谋长的阴魂令营房的墙壁总是闪现血红的色彩……这些非现实性文化的书写,既增加了作品的艺术感染力,也为读者营造了一个奇异魔幻的艺术世界。此外,魔幻现实主义思潮进入中国直接促进了西藏魔幻小说的蓬勃发展。随着色波的《竹笛·啜泣和梦》与扎西达娃的《西藏,系在皮绳扣上的魂》的问世,刘伟、金志国、李启达等作家也推出了多部西藏魔幻小说,如《没上油彩的画布》《水绿色衣袖》《巴戈的传说》《骚动的香巴拉》等。

第三节 21世纪东北文学改变了非现实性民族文化书写维度

随着非现实性文化书写回归文坛,进入21世纪的东北文学也出现了一个明显的文学现象,就是文中对非现实性文化的描写日益增加,且书写维度与以往作品的艺术处理也大相径庭,如迟子建的《额尔古纳河右岸》、刘庆的《唇典》、昳岚的《雅德根:我的母系我的族》等。由于东北是满—通古斯语族的世居之地,因此满—通古斯语族文化在悠久的历史进程中已成为东北地域文化的重要组成部分,而21世纪东北文学中的非现实性文化基本上均来自满—通古斯文化。由于萨满教的泛神性、神秘性和远古性，萨满文化成为 21 世纪东北文学中经常被书写的非现实性文化。

在 20 世纪 80 年代，中国文坛的非现实性文化书写开始回归，寻根文学作家郑万隆在小说《我的光》和《黄烟》中采用了他者言说的常识化书写维度对萨满非现实性文化进行了描写，但主要是将萨满非现实性文化作为作品中呈现的文化景观来凸显个体的民族性。进入 21 世纪后，东北文学开始大量书写萨满非现实性文化，且在书写维度上发生了巨大改变，从常规的常识化书写维度转为围绕体现泛神思想和神秘家族叙事的体验式书写维度，也就是说采用了自我表述的叙事艺术。如迟子建在《额尔古纳河右岸》中由鄂温克族最后一位酋长的妻子"我"用一天的时间讲述了鄂温克族近百年的沧桑历史，表达了作者对萨满族非现实性文化的体验式理解。映岚在《雅德根：我的母系我的族》中采用了自传式的叙事艺术，讲述了达斡尔族萨满苏如勤的后代衮伦是怎样从现代知识分子一步步趋近传说中神秘的萨满的。可以说，体现这种书写维度转型的文学创作不但要映射所要书写的非现实性文化氛围，还要通过体验式的书写刻画皈依传统萨满非现实性文化个体的心理和行为，继而标注作家或作品与萨满非现实性的文化相符的民族文化身份。这种依托萨满非现实性的文化书写，通过深化个体生命体验而形成的体验式书写手法是 21 世纪东北文学进行萨满非现实性文化书写的新范式。

在21世纪东北文学采用体验式书写萨满非现实性文化中，萨满和神灵之间的身份架构通常采用"人神趋一"的架构模式，该模式有利于作品凸显民族文化的神秘感和历史纵深感。这种"人神趋一"的架构模式在昳岚、迟子建、萨娜、刘庆等作家的作品中比较普遍。在昳岚的《雅德根：我的母系我的族》中，成为萨满的前提条件是首先要通过家族萨满先辈的核查，能否通过主要取决于天赋、命运和定数，只有通过后才能达到人神趋一，映射出浓郁的非现实性气息。刘庆的《唇典》中，私生子满斗虽然出生时就带着萨满的光环，并终其一生与之抗争，但最后还是踏上了人神合一的道路去寻找灵魂树。迟子建的《额尔古纳河右岸》讲述了尼都萨满和妮浩萨满献身神灵、勇于牺牲"小爱"而获得"大爱"的精神；萨娜小说《有关萨满的传说与纪实》中仅仅通过萨满服饰、跳舞动作、施法神态的细致描写，就形象地将人神一体的萨满施法仪式感形象地刻画出来。因此，这种"人神趋一"身份架构模式，有利于营造萨满文化的神秘感，能够突出体验式书写的代入感和经历感，体现对萨满非现实性文化的敬畏，并完成对民族根性文化和神性原乡的深度叙写。当然，通过21世纪东北文学对萨满非现实性文化书写而产生的敬畏感，不只是单纯来源于萨满教神秘的宗教仪式，更多的是源于满—通古斯语族及其他信仰萨满教北方民族的神话、传说、神灵、信仰等民族发生性知识，映射出对铭刻在心灵深处民族图腾信仰的敬畏之心。

第六章 迟子建的满—通古斯文化书写

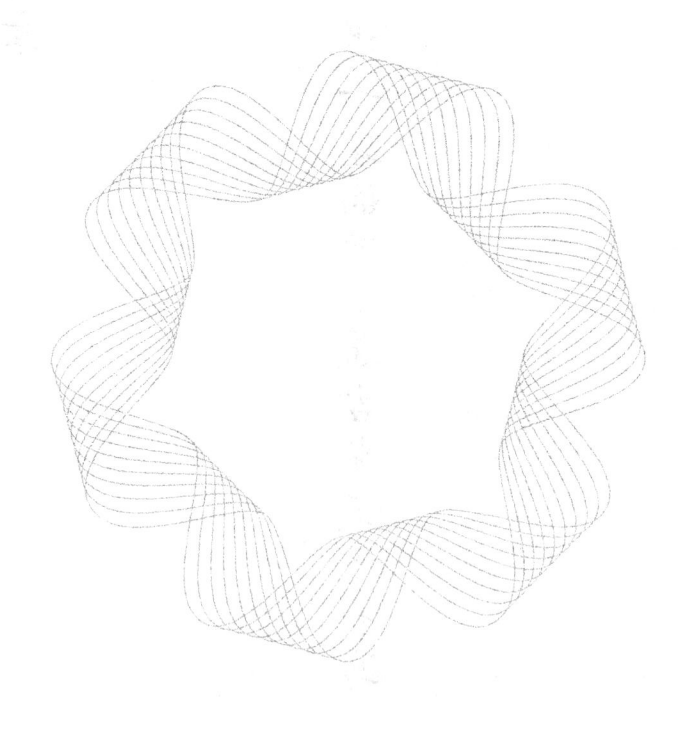

第六章　迟子建的满—通古斯文化书写

人类无论是物质生产活动还是精神生产活动都不可避免地受到特定地域环境的影响，因此文学具有地域性已经成为人们的普遍共识。地域环境除自然地理环境外，还包括历史沿革、风俗习惯、人文地理及文化渊源等深层的人文环境。从而，人不只是孤立地生活于某个特定空间和具体时间内，同时也成长和生活于其所处的文化氛围中，而文学作为人类的一项重要的精神生产活动，无论是其表现主体还是它的表现对象，都不可避免地承载着作家所处地域文化的信息。

第一节　满—通古斯文化与迟子建小说

文学的生成和发展虽然是一个非常复杂的过程，但是如果去粗取精的话，无非取决于时间和空间两大因素，也就是作家生活及其作品反应的特定历史时代和环境，这里的环境包括社会环境和自然环境。众所周知，作家的出生地及其成长的社会环境和自然环境必定会对其作品生成和发展产生不可估量的作用，正如茅盾在《文学与人生》中谈道："不是在某种环境之下的，必不能写出那种环境；在那种环境之下的，必不能跳出了那种环境，去描写别种来。"❶ 因

---

❶ 刘强.《平凡的世界》对陕北文化形象的传播与建构 [J]. 今传媒，2015（9）：134.

此，作家的成长环境对研究其作品便具有了重要意义。而地域文化是作家成长环境的主要组成部分，于是文学研究与哺育作家成长的地域文化就产生了关联。

事实上，有关地域文化与文学关系的论述古今中外早已有之。1800年，法国文学批评家斯达尔夫人在《论文学》❶中指出，由于南北方的差异存在两类不同风格文学的现象。法国的另一位批评家丹纳在《艺术哲学》❷中肯定了斯达尔夫人的论断，科学地揭示了文学艺术与环境间的紧密关系。而中国对其论述相对西方而言则更为久远，从《礼记》《诗经》《文心雕龙》《颜氏家训》《世说新语》到近代刘师培的《南北文学不同论》等著作，均提出地域文化和文学之间存在密切关系的观点。

中国学界对地域文化与文学进行的学术性探讨和深入研究，始于20世纪80年代中期金克木率先提出的"文艺地域学研究"的设想。之后，在古代文学领域出现了大量探讨地域文化和文学关系的著作。几年后，学界这一研究动向得到了现当代文学研究界的关注，学者们意识到在以往的中国现当代文学研究中，研究者往往着眼于文学发展过程的研究，而常常忽略作家所处的人文地理环境。20世纪90年代中期，严家炎主编的"二十世纪中国文学与区域文化丛书"突破了地域文化和现当代文学研究的瓶颈，是中国现当代文学在方法

---

❶ 斯达尔夫人. 论文学 [M]. 徐继曾，译. 北京：人民文学出版社，1986：146-151.
❷ 丹纳. 艺术哲学 [M]. 傅雷，译. 合肥：安徽文艺出版社，1991：223-225.

第六章 迟子建的满—通古斯文化书写

论上的可喜突破，并充分认识到地域文化既是地域文学的摇篮，又是地域文学的重要审美对象。

满—通古斯语族为阿尔泰语系三大语族之一，是横跨欧亚大陆的世界性民族，民族分布地域广阔，西起鄂毕河沿岸，东到鄂霍次克海，北起北冰洋，南到贝加尔湖、外贝加尔、黑龙江流域的广大地区都是满—通古斯语族各民族的分布区域。在中国满—通古斯语族中，鄂温克族和赫哲族是中俄两国的跨界民族。另外，还有一小部分鄂温克族分布在蒙古国境内。

古老、勇敢、勤劳的满—通古斯语族早在有文字记载以前就曾几度活跃在历史的舞台上。在漫长的历史进程中，满—通古斯语族诸民族创造并发展了具有浓厚民族特点的萨满教文化、口头文学与艺术、婚俗文化和丧葬文化等非物质文化，以及桦树皮文化、居住文化、兽皮文化和饮食文化等物质文化。这些文化反映在他们的衣、食、住、行、用、礼仪习俗、宗教信仰等各个方面，体现了满—通古斯语族独特的文化特色。

满—通古斯语族的部分文化体现了人类初创阶段的文化成果，对未来人类的文化发展仍有重要影响与积极意义。尤其是从远古走来的驯鹿鄂温克人，世代在山林里追随野生驯鹿，受到外来文化的影响不大，至今仍较完好保存着人类早期社会诸多古老文明和特殊形态结构，较完整地保存着极其古老的生存方式和生活内容，充分展示北方山林民族的古朴、纯真，与自然合为一体的思维规则和文化内涵，是研究鄂温克族社会和文化的活资料。❶因此，满—通古斯文化成为考古学家、人类学家、历史学家和艺术大师们倾力抢救和发掘的文化宝藏，并成为文学艺术创作人员进行艺术创作的不竭源泉。

几十年来，经过几代专家学者的不懈努力，满—通古斯文化的研究已经成为世界性的学科。学者们从语言学、民族学、人类学、文化学、历史学、宗教学、文学、民俗学等不同学科角度对满—通古斯语言文字、历史、文化、文学、宗教、民俗等进行了广泛深入的探讨，已经取得了丰硕成果。❷近年来，除进行满—通古斯文化理论深层次研究外，有的学者还将其与相关学科结合研究，打破了原有的学科界限，有关成果如赵阿平著《满族语言与历史文化》、唐戈著《人类学视野中的中国满—通古斯文化》、赵阿平编《满—通古斯语言与文化研究》、郭孟秀编《满—通古斯语言与历史研究》和唐戈编《满—通古斯语言与文学宗教研究》等，为满—通古斯文化研究注入了新的活力与生机，将其推向新的研究高度与广阔的空间。

文化是作家创作的底蕴，是作品的精神和灵魂，是根脉。总观中外文学史，我们不难发现，作家的籍贯和故乡，对于他的写作题材，对于他营造的文学世界，起着决定性的作用。迟子建的故

---

❶ 卡丽娜. 驯鹿鄂温克人文化研究 [D]. 北京：中央民族大学，2004：10.
❷ 赵阿平. 中国满—通古斯语言文化研究及发展 [J]. 满语研究，2004（2）：5–10.

第六章 迟子建的满—通古斯文化书写

乡——大兴安岭是我国满—通古斯语族生活的核心区域。在过去的漫长时代，满—通古斯文化已经成为大兴安岭地域文化的核心部分，并广泛渗透到社会各阶层物质和精神生活的每一个细部，对大兴安岭地区居民的精神信仰、文化习俗、民间文学等方面有着巨大的影响。

文化的地域性必然影响到文学。多年来，迟子建将自己创作的根牢牢扎在故乡，采借故乡的地域文化，经过审美熔炼，融进自己的思想感情、审美倾向及价值判断，对深层灌注着的包括伦理道德、历史传统、人文精神等在内的满—通古斯文化进行了努力的挖掘，使其作品成为联系历史与现实、展示民族历史命运、剖析民族文化心理结构、反思民族文化精神的重要媒介。因此，迟子建虽然是汉族作家，但其小说在精神特质和艺术表达上都鲜明地体现出满—通古斯文化的印记。其小说中满—通古斯语族特有的民风民俗、民族古老遗存和神话传说，显然不是仅仅作为一种环境因素起着烘托作用，而是作为一种文化形态被给予了新的生命活力和恰当的时空表现形式，并直接渗透到小说中人物形象的主体气质中。对于迟子建来说，其艺术成就在很大程度上取决于对满—通古斯文化特质的自觉把握，如果没有满—通古斯文化的色彩，那么她的小说也就失去了独特的精神特质和艺术个性。

从迟子建多年小说创作的文本脉络来看，我们可以发现近年来迟子建的写作风格在朴素的基础上逐露风骨，这不是作家写作技巧成熟的结果，而是建立在作家对人生、社会和世界深度认知基础之上的一种自我澄清过程。在长篇小说《伪满洲国》和《额尔古纳河右岸》，中篇小说《布基兰小站的腊八夜》和《鬼魅丹青》等多部小说中，迟子建呈现了大量的满—通古斯文化元素，使我们耳目一新，看到了迟子建温情背后的探索、变化、发展，以及肩负强烈历史责任感的一面。可以说，满—通古斯文化是迟子建小说的摇篮，又是迟子建小说的重要审美对象。就迟子建小说研究而言，如果忽略了满—通古斯文化这一特殊的地域文化背景，忽略了潜伏于迟子建人生深层结构里的历史文化因素，可能难以对迟子建小说的精神特质和艺术个性做出合理的评价，难以看到闪耀在迟子建小说深层结构的时代理性之光。因此，如果要深入研究迟子建小说，那么满—通古斯文化应是不可或缺的部分。

目前，学界对迟子建小说的研究主要从情调、意境、人性之光、民间立场、艺术特点、萨满文化及小说创作综合研究等方面入手，这些研究已经深入到迟子建创作的精神内核，达到了很高的学术水准。以往学术界虽然或多或少关注到了迟子建小说中的满—通古斯文化，但往往缺少整体性视野和整体性论述。迟子建小说中的满—通古斯文化涵盖了非物质文化和物质文化，其在以《额尔古纳河右岸》为代表的一些小说中呈现了大量的满—通古斯文化元素。学界对其研究主要集中在非物质文化之一的萨满教文化上，而对其他的非物质文化和物质文化研究没有给予足够的重视。因此，脱离满—

通古斯文化的基石，片面以其非物质文化之一的萨满教文化为对象进行研究是远远不够的，不能全面解读满—通古斯文化背后深层的内涵及其对迟子建创作的影响。

随着研究视阈的渐次张大，我们如果能够打破学科壁垒，充分借鉴学界已有的满—通古斯文化研究成果对浸润迟子建艺术肌体的满—通古斯文化进行整体性的梳理与研究，剖析满—通古斯文化对迟子建小说的灌溉与滋养，就能在时空结构里揭示其文学的动力传承和文化深度，进而追索迟子建小说创作的满—通古斯文化基因，并对小说中满—通古斯文化的价值取向和审美底蕴进行分析，从而能够全面解读迟子建小说中满—通古斯文化背后深层的精神意蕴与审美特质。采用这一研究思路，我们将迟子建小说置于满—通古斯文化的视野中进行了初步的研究尝试，已经取得了一些研究成果，如研究论文《论迟子建作品中满—通古斯语族的萨满招魂母题》《迟子建小说中动物感恩母题的跨文化寻踪》《迟子建小说中满—通古斯语族萨满超自然行为的解读》和《迟子建小说中狐仙神话的跨文化探源》，但是相对于满—通古斯文化与迟子建小说研究来讲，这些研究只是管中窥豹。由此可见，满—通古斯文化与迟子建小说研究目前仍是一片有待用力开拓的领域，一个有待培育的新的学术增长点。这种研究范式不仅可以从多元交叉的文化与审美考察中对迟子建小说的价值选择、审美逻辑的内在演变进行深入的文化反思与整体性透视，能够将迟子建小说研究引向深入，还可以为边疆少数民族文化传播方式的拓展提供一些研究思路，具备一定的理论价值和现实意义。

迟子建在多年的文学创作历程中，将自己创作的根牢牢扎在故乡大兴安岭，深情地书写着东北边陲独特的自然景观和民族风情。在迟子建的艺术世界里，有着为数不少的满—通古斯文化的书写，其文学创作在精神特质和艺术表达上都鲜明地体现出满—通古斯文化的印记，可以说，满—通古斯文化是迟子建文学创作的摇篮。

纵观迟子建对满—通古斯语族的书写，长篇小说《树下》是迟子建对满—通古斯语族书写的初步尝试，而《额尔古纳河右岸》则是其对满—通古斯语族书写的巅峰之作。追寻其创作轨迹发现有两个文学现象值得我们关注：一是书写呈现出流变性的发展脉络；二是去"他者"印记书写策略的运用。这两点对全面解读迟子建小说中满—通古斯文化背后深层的精神意蕴与审美特质至关重要。因此，如果要深入研究迟子建的满—通古斯语族书写，那么其书写流变和书写策略是不可或缺的部分。

在20世纪80年代，迟子建的文学创作多采用童年视角展开叙述，塑造的人物形象没有涉及满—通古斯语族，对满—通古斯文化的书写仅限于地名和一些专有名词的采用上。如短篇小说《沉睡的大固其固》中媪高娘告诉十岁的孙女楠楠"大固其固"是鄂伦春语，它的意思是有大马哈鱼的地方。中篇小说《北极村童话》中有"大木刻楞房子是新盖的,房梁梁还拴着红布","木刻楞"房是用圆木搭建而成的一种鄂伦春族的传统住房。

1991年,迟子建发表了第一部长篇小说《树下》,写的是女孩七斗在成长过程中的苦难经历及寻找安顿身心之家的理想破灭的过程。小说中第一次出现了满—通古斯语族的人物形象,描写了鄂伦春族的马队和令七斗从小就心驰神往的骑白马的鄂伦春族青年。七斗在母亲的去世后被父亲过继给了姨妈,开始了寄人篱下的生活。姨妈对七斗漠不关心,在她心里认为收养七斗就跟养一头牲畜没什么区别。在这亲情缺失的成长环境中,等待转瞬即逝的鄂伦春族马队成了七斗灰暗生活中的一抹亮色,骑白马的鄂伦春族小伙子成了她一生中的梦想和牵挂。苦难如影随形地伴随着孤苦无助的七斗,兽性大发的姨父在家里将其强奸,不久姨妈家惨遭灭门之灾。七斗再次成为孤儿后,更加期盼见到骑白马的鄂伦春族小伙子,得到的却是小伙子亲口告知即将结婚的消息。七斗初中毕业后,她先后做过山村的小学老师、船上的服务员,最后嫁给一个农场上的农夫并生下儿子多米,在护送儿子去省城医院的途中,在得知白马的主人在行猎时被熊给舔死的同时,儿子也死在了她的怀里,七斗唯一的精神寄托和生命支柱骤然坍塌了。

在《树下》的叙述中,满—通古斯语族人物形象出场次数有限,但是骑白马的鄂伦春族小伙却是整篇小说的叙事线索,是主人公七斗向往自在生活的精神化身。七斗的每次生活变迁都会意外地与其相遇而推动情节的发展，这种叙事方式表明迟子建在文学创作初期对满—通古斯文化的理解仍然处于远距离地欣赏和感性认知的层面，尚没有进入满—通古斯语族的内心世界。骑白马的鄂伦春族小伙子仅出现在与七斗三次谈话的场景中：第一次是在她被寄养的惠集小镇，当鄂伦春族马队经过时，询问了七斗的名字；第二次是在姥爷家居住的斯洛古小镇，得知姥爷去世后，安慰她不要难过；第三次仍然是在惠集小镇，幸免于难的七斗再次见到鄂伦春族小伙子，却被告知他要和一位汉族女兽医结婚了。迟子建在鄂伦春族有限的出现场景中，对他们都是停留在外表形象的工笔式描写，如"鄂伦春人的圆脸、塌鼻、细眯的眼睛、宽阔的嘴巴像月亮、星星、云霓一样在马背上闪闪烁烁地出现着"这样的语句。

迟子建虽然生长在大兴安岭，与鄂伦春族比邻而居，在成长过程中深受满—通古斯文化的浸润，但是她毕竟是一位汉族作家，接受的只是满—通古斯语族的表层文化，无法进入其精神内核，这种现象在《树下》文中亦有体现。七斗和骑白马的鄂伦春族小伙子的三次交谈的场所都是在村边公路路口和江边沙滩旁这样的边缘地带，折射出汉族和鄂伦春族在民族交往上的缺乏。满—通古斯文化是大兴安岭地区核心的地域文化，其对于热衷从故乡获取创作灵感的迟子建来说是一个不能规避的内容。从而，在迟子建的创作初期，由于对满—通古斯文化认知有限，她对鄂伦春族的

| 第六章 迟子建的满—通古斯文化书写 |

刻画只能局限于其总体性特征，如善良淳朴、勇敢坚强等，也无法从鄂伦春族的性格、心理等内心深层世界着笔而将人物塑造得鲜活丰满、有血有肉。因此，迟子建在《树下》只能将骑白马的鄂伦春族小伙子隐喻为"白马王子"而成为一种精神寄托，赋予其一种理想人格的象征，代表了未被现代文明浸染的一种淳朴自然的人格，用以表达七斗对鄂伦春族淳朴民风和自由自在生活的向往。

《伪满洲国》是迟子建创作的一部全方位、多层面地反映伪满时期东北地区的所有重大事件及各阶层人民在日本帝国主义铁蹄践踏下的苦难生活的小说。《伪满洲国》的文学史价值在于采用民间历史意识作为切入点，开创了历史长篇创作的新思路，而对于迟子建文学创作本身来讲，这篇长篇小说是迟子建满—通古斯语族书写的分水岭。在《伪满洲国》这部小说中，迟子建一改过去对满—通古斯语族的远距离欣赏，塑造了众多的有血有肉、栩栩如生的满—通古斯语族形象，上至伪满洲国"皇帝"溥仪和"皇后"婉容，下至大兴安岭地区的鄂伦春族群体形象和乌苏里江畔的赫哲族渔妇，虽然人物众多，但个个鲜活生动，尤其是迟子建对鄂温克族老萨满除岁招魂情节的叙述折射出浓郁的民族性和地域性。迟子建虽然没有对招魂的场面进行详细的描写，但是老萨满回荡在夜间森林里沉郁的神歌，使人仿佛穿越时空界限，谛听到来自远古的回音，寥寥数笔就勾勒出在远离现代文明东北边陲的原始森林里，鄂伦春族与青山绿水对话，与草木动物为伴，与各种神灵同行，其精神本质与自然状态早已达到了一种高度融合的精美画卷。

短篇小说《微风入林》是迟子建继《伪满洲国》之后，对满—通古斯语族书写的一篇具有里程碑式的作品，满—通古斯语族形象第一次以主角的身份出现在迟子建的文学世界中，满—通古斯文化告别了昔日零散出现的烘托作用而首次成为贯穿全文的背景文化。在这篇小说里，迟子建以令人称奇的独特视角展示了带有原始意味的鄂伦春族和在传统文化与现代文明双重挤压下的境地，表现了对满—通古斯语族的审美观照和对现代文明反思的精神指向。

《微风入林》叙述了一个带有浓郁满—通古斯文化气息的传奇故事，小说开始迟子建就浓墨重彩地描写了护士方雪贞制作的精美的桦树皮灯罩，"这灯轻巧美观，人见人爱。不知道的，以为它出自罗里奇那些擅长桦皮工艺的鄂伦春族妇女之手，其实呢，它是卫生院的护士方雪贞巧手而成的"❶，暗喻了方雪贞对满—通古斯文化的喜爱。当方雪贞在医院值夜班时，来医院就诊的鄂伦春族汉子孟和哲将她从梦中惊醒，孟和哲满脸是血，方雪贞受到了惊吓，后果是她连续几个月都没有月经。孟和哲得知此事后，为了弥补自己的过错用最原始的方式使她重新拥有了生命力。迟子建在这篇小说里，将

---

❶ 迟子建. 微风入林 [J]. 上海文学，2003（10）: 9.

孟和哲置于满—通古斯文化背景下对其人物性格进行了细致的刻画，成功地将其塑造成一个具有原始生命激情、忠贞的爱情观、勇敢、不拘小节，又敢于承担责任的人物。

除对满—通古斯语族人物刻画取得突破外，迟子建在《伪满洲国》中简单地描写了鄂伦春族的居住文化、饮食文化及举行五月春祭的仪式活动，列举了一些鄂伦春族信仰的神灵，如"太阳神""月亮神""祖神"等；尝试地引入了满—通古斯语族的口承文学资源，如体现万物有灵和动物崇拜等萨满教思想的狐仙神话和萨满神歌。迟子建对满—通古斯语族人物的成功刻画及满—通古斯语族特质文化的概述性描写，充分说明迟子建对满—通古斯语族的书写已经突破了感性认识的壁垒而逐渐深入其精神世界。

长篇小说《额尔古纳河右岸》不仅是迟子建满—通古斯语族书写的集大成者，而且对迟子建的文学创作具有划时代的意义。《额尔古纳河右岸》是迟子建借助其深厚的满—通古斯文化背景，怀着一份悲天悯人的情怀，用心感知鄂温克族人的内心世界创作的第一部描写我国满—通古斯语族的鄂温克族人生存现状及百年沧桑的小说。其是一部鄂温克族人的心灵挣扎史，我们可以从中真切地感受到那种坚韧而沉重的文字力量和精神超越。《额尔古纳河右岸》得到了主流意识形态话语和学术批评话语的双重认可，毫无悬念地荣获了第七届茅盾文学奖，并在授奖词中称其"具有史诗般的品格和文化人类学的思想厚度，是一部风格鲜明、意境深远、思想性和艺术性俱佳的上乘之作"。《额尔古纳河右岸》使鄂温克族走出了森林，引起了世人对人数较少民族的关注，这部小说的价值已经超越了文学界限，具有了文化人类学的意义，对唤醒主流文化关注和保护满—通古斯文化具有不可低估的价值。

迟子建的满—通古斯语族书写，经历了《树下》的远距离欣赏及《伪满洲国》和《微风入林》的初步尝试，在进行《额尔古纳河右岸》创作时，清醒地认识到摆在她面前的难题是如何去掉"他者"的印记，让读者忽略自己是一位来自异质文化的作家。因此，迟子建首先进行了深入的田野调查，在大兴安岭的密林深处与鄂温克猎民生活在一起，正如她自己所写"在那无比珍贵的两天时间中，我在鄂温克营地喝着他们煮的驯鹿奶茶，看那些觅食归来的驯鹿悠闲地卧在笼着烟的林地上，心也跟着那丝丝缕缕升起的淡蓝色烟霭一样，变得迷茫起来"❶。迟子建回到哈尔滨后，开始集中阅读鄂温克族的历史和风俗资料，对鄂温克族的深入采访和研究，揭开了其从小无意识积淀在内心深处的关于满—通古斯文化的谜底，从而走进了鄂温克族人的文化和精神世界。

迟子建在《额尔古纳河右岸》中塑造了大量的鄂温克族人形象，但是贯穿整部小说的两个萨满形象给人印象最为深刻。尼都萨满和妮浩萨满的命运都是悲壮的，身为萨满他们勇于牺牲个人身上的"小爱"，获得人类的"大爱"。值得关注的是，小说中还塑造了大量的

---

❶ 迟子建.心在千山外——在渤海大学的讲演[J].当代作家评论，2006（4）：35.

鄂温克族新生代青年形象。在鄂温克族古老的传统文化受到现代文明的强烈冲击下，鄂温克族新生代青年在这种文化变迁面前表现出不同的人性困厄，从而做出了不同的人生选择，如走向堕落的沙合力和索玛，徘徊在城市与山林的依莲娜，坚守传统文化的玛克辛姆等。

由于从小就生活在大兴安岭，迟子建知道对于满—通古斯语族而言，神话、传说、故事、萨满神歌等口承文学资源是最能反映其民族文化和精神内质的素材，不仅代表着民族的根本，而且象征着民族的精神。因此，迟子建在《额尔古纳河右岸》中利用文学创作手段把鄂温克族神话与历史现实巧妙地结合在一起，借助这些神话展现了鄂温克族丰富的精神世界，如部落起源神话、树木神话、火神神话等。除此之外，迟子建在《额尔古纳河右岸》中还引入了鄂温克族的禁忌文化、萨满神歌、居住文化、丧葬文化、桦皮文化等特质文化，并且在文中使用了大量的鄂温克语，这些写作策略无疑增加了作品的丰富性和厚重感，有效地化解了他者文化视角的尴尬，这是迟子建满—通古斯语族书写的成功之处。

迟子建在进行满—通古斯文化书写时，充分意识到虽然自己成长在大兴安岭，对满—通古斯语族的生活习性也很了解，但是民族文化之间固有的隔阂和差异不会因在同一地域生活一段时间而消除，这种内化的精神气韵也不是一个异族者能够简单拥有的。因此，在最初的满—通古斯文化书写中，她只能从感性认知的层面去理解已积淀在内心深处的满—通古斯文化，但是随着对满—通古斯语族的田野调查和书写的不断深入，她已经超越感性认知而迈入了理性剖析的层面，由此逐渐走进了满—通古斯语族的精神世界，触摸到了其精神原乡。可以说，从迟子建满—通古斯语族书写的文本脉络中，我们可以清晰地看到其创作轨迹的发展流变，这不是由于其写作技巧日益成熟，而是建立在作家对满—通古斯文化渐进认知基础之上的一种宏观体现。

满—通古斯语族丰富的传统文化资源是迟子建小说创作的重要素材，她的写作目的是要通过对满—通古斯文化的张扬来增加文学作品的艺术含量，进而重构一种文化价值。迟子建在故乡的成长经历、生活感受和文化体验使其具有了多元文化视野，正是在这种不同文化的对比参照中，迟子建发现了汉族文化稀缺的元素和故乡满—通古斯文化被遮蔽的优秀因子，完成了全球化时代对满—通古斯文化的独异书写。她以淡化苦与悲的叙述手段来达到对人生的思考，以回归自然的创作方法来彰显民族文化资源的价值，使其满—通古斯文化的书写表现出独特的文学审美价值。

在满—通古斯语族各民族的宗教信仰世界里，萨满教跨越时空成为千百年以来虔诚的相关民族的心灵支柱。萨满教作为满—通古斯语族传统文化的核心，深深扎根于满—通古斯语族社会生活的方方面面，渗透到他们生活的各个领域。萨满教除其宗教意义以外，还是一种包蕴丰富、气氛浓厚的强烈的文化精神，已经成为一种无可争辩、特色鲜明的地域文化存在,并且融合了神话、传说、故事等文化资源,孕育出了富有民族特色的文化形态。

文化认同是一个长期的文化过程。迟子建从小就生活在大兴安岭,由于身处多元文化交融的成长环境,她对于满—通古斯语族的文化比较熟悉,能够理解他们的思维方式。因此,迟子建在满—通古斯语族书写的过程中,融入了大量的神话、传说、神歌、禁忌和狩猎文化、桦树皮文化、丧葬文化、驯鹿文化、图腾文化、祭祀文化等满—通古斯语族的物质文化和非物质文化资源。这些文化资源不但是满—通古斯语族区别于其他民族的特质,而且也映射出自己的民族发展历史和民族心路历程。迟子建将这些最能够代表满—通古斯语族的文化资源经过文学处理后,使读者能够真实地触摸到满—通古斯文化,由感受升华到理解,并最终达到最大限度的认同。如《额尔古纳河右岸》中对祭祀"玛鲁神"时的详细描写:"我们打到熊或堪达罕时,会在尼都萨满的希楞柱前做一个三角棚,把动物的头取下,挂上去,头要朝着搬迁的方向。然后,再把头取下来,连同它的食管、肝和肺拿到希楞柱里玛鲁神的神位前,铺上树条,从右端开始,依次摆上,再苫上皮子,不让人看见它们,好像是让玛鲁神悄悄地享用它们。到了第二天,尼都萨满会把猎物的心脏剖开,取下皮口袋里装着的诸神,用心血涂抹神灵的嘴,再把它们放回去。之后要从猎物身上切下几片肥肉,扔到火上,当它们'吱啦吱啦'叫着冒油的时候,马上覆盖上卡瓦瓦草,这时带着香味的烟就会弥漫出来，再将装着神像的皮口袋在烟中晃一晃，就像将脏衣服放到清水中搓洗一番一样，再挂回原处，祭奠仪式就结束了。"❶除此之外，神歌、萨满治病、萨满神异功能等场景在文中因时间、地点、原因等侧重点不同而得以反复展现，不但增强了小说的文化艺术容量，而且深化了读者对满—通古斯文化的进一步认同。这些具有强烈吸引力的创作素材不是迟子建的文学虚构，而是建立在她对满—通古斯文化深入了解基础之上的。另外，迟子建在《额尔古纳河右岸》中直接引用了满—通古斯语族的神话，如拉穆湖的传说、火神神话和山神神话等，这充分体现了她对满—通古斯语族传统文化的认同。

迟子建对满—通古斯文化不只是简单的认同，在文本中她对一些满—通古斯文化的传统文化资源还根据情节发展的需要进行了一定程度的艺术加工和重建。如《额尔古纳河右岸》中的火神神话的原型资源分别是鄂温克族的《灶火神话》和《火母女神神话》，迟子建在小说中根据文学创作的需要将这两则神话融合在一起重构了一篇新的神话。迟子建除引用、重构满—通古斯语族神话以外，还自己创构神话，如短篇小说《逝川》中的那种会流泪的"泪鱼"，小说中是这样解释的："在阿甲渔村有一种传说，在泪鱼下来的时候，如果哪户没有捕到它，一无所获，那么这家的主人就会遭灾。"迟子建在文中用吉喜大妈因帮人接生而错过捕捞泪鱼的悲凉结局验

---

❶ 迟子建.额尔古纳河右岸[M].北京：北京十月文艺出版社，2008：33.

证了这个传说,这表明她在满—通古斯文化的影响下,在自己的艺术世界中建构异族的文学资源。不可否认,由于文化上的认同,迟子建对满—通古斯语族的书写呈现了该语族文化的深度和精神指向。

迟子建在满—通古斯语族书写中营造了大量的意象,意向在文本中成为推动叙事前行的结构因素和故事因素,并被赋予鲜明的色彩和隐喻功能。在长篇小说《树下》中七斗祈盼听到的马蹄声是作为一种听觉上的意象而出现的,马蹄声伴随着七斗从生活的绝望到期盼鄂伦春族"白马王子"的出现,给予了她精神上的振奋和渴望。其实,《树下》的题目本身就是一个意向,因为七斗姨妈的房间就在树下,再多的苦难也阻止不了树的根深叶茂、生机勃勃,生活中所有的困苦都会落于树下,这里树的深层次隐喻是对未来生活沉默的坚守。

就《额尔古纳河右岸》来说,意向可以说贯穿了这部小说的始终,如小说中的死亡意向和月亮意向等。小说是以一个经历了鄂温克族百年兴衰史的老人的视角展开,从故事开端的梦一样的叙述,到故事结尾灰暗的现实,似乎是在浪漫的讲述中构造了一个寓言,这个寓言不仅是鄂温克族从自然原始的生活状态苏醒,逐渐有了现代的自我意识的过程,更是用来隐喻整个人类社会历史变迁,人类从懵懂和梦幻开始,经历了"清晨""正午""黄昏",在这个机械化

的僵硬的社会中，逐渐走向"尾声"。❶

在《额尔古纳河右岸》中，迟子建采用了月亮意向，文中月亮的出现有满月和半月两种形式。满月隐喻着人与人、人与自然关系最为融洽的时候，如"当那个晚上我和拉吉达紧紧拥抱在一起，在新搭建的一座希楞柱里，制造出属于我们自己的强劲的风声的时候，我觉得自己是天底下最幸福的女人。我记得那是个月圆之夜，从希楞柱的尖顶，可以看见一轮银白的月亮"❷。而半月则隐喻着一种伤感和生命的缺失，但同时也暗含了一个合理的可弥补残缺的可能，如"月亮已经在空中了，那是半轮月亮。虽然它残缺，但看上去很明净。鼓声已经停止了，看来舞蹈也停止了。……妮浩的神歌是唱给那个即将出世的孩子的"❸。妮浩为救汉族少年失去了即将出世的孩子，但是那半轮月亮让人觉得"伤而不悲"，残缺的是肉体和物质，妮浩身为萨满的责任和信仰却像皎洁的月光一样洒向人间。另外，《额尔古纳河右岸》的尾声被命名为"半个月亮"，它则隐喻了古老的鄂温克族传统文化在现代文明的冲击下不可避免地衰落了。

死亡意向是迟子建作品中出现最频繁的意向。在迟子建的满—通古斯语族书写中，死亡以其本真的意义展现在读者的面前，死亡

---

❶ 栗明．跨文化写作——汉族作家迟子建的少数民族题材小说研究[D]．北京：中央民族大学，2011：18．

❷ 迟子建．额尔古纳河右岸[M]．北京：北京十月文艺出版社，2008：64．

❸ 同❷150．

几乎都是突然降临的，但充满温情，让人感觉残忍却不愤懑，悲伤却不消沉。在迟子建的笔下，死亡只是生命形式的一种转换，这可能来自她的宗教情结和满—通古斯文化的影响。正如迟子建对死亡的看法，"也许是我生长在偏僻的漠北小镇的缘故，我对灵魂的有无一直怀有浓厚的兴趣。在那里，生命总是以两种形式存在，一种是活着，一种是死去后在活人的梦境和简朴的生活中频频出现"❶。这段话语显示了迟子建对生命的认识，以及面对死亡的从容，这就不难理解在她的文学创作中出现如此之多死亡意向的原因了。

在《树下》中，故事以七斗母亲的死亡开始，以"白马王子"鄂伦春族人和自己儿子的死亡结束。死亡意向是小说推动故事情节发展的主线，全篇共有 50 多个人物，其中 13 个人物意外死亡，主人公七斗就是在这些死亡意向中坚强地生活着。在《额尔古纳河右岸》中，有好像在做着美梦微笑着被冻死的姐姐列娜，在睡梦中同样被冻死的拉吉达，老达西为了复仇训练猎鹰而与狼同归于尽，父亲林克被雷电击中而死，妮浩为救治他人致使四个子女夭折，以及她祈雨后倒地而死等，这些死亡意向迟子建无一不给予了诗意般的表述，真实地展现了满—通古斯语族的生死观。满—通古斯语族所信奉的萨满教，认为人离开这个世界，是去了另一个世界，那个世界比曾经生活过的世界要幸福，从而生死不是对立的，死并不是可怕的，

---

❶ 迟子建. 迟子建文集（2）：秧歌[M]. 南昌：江西文艺出版社，1997：2-3.

生命绝不止于肉体的存在,死亡只是另外一种生命形式的开始,出生和死亡都是一种自然现象。如父亲林克被雷电带走了以后,"从此后我喜欢在阴雨的日子里听那'轰隆轰隆'的雷声,我觉得那是父亲在和我们说话。他的魂灵一定隐藏在雷电中,发出惊天动地的光芒"❶。

除了诗意的死亡外,在《额尔古纳河右岸》中还有一种死亡意向,如走下密林的小达西因山外的政治斗争失去一条腿而最终绝望地自杀、马伊堪生下私生子后跳崖自杀、马粪包下山看望亲人被汽车司机和助手打死等,迟子建借这种死亡意向隐喻现代文明对原始文明的侵蚀和消解。伊万的死亡则是另一种隐喻,伊万因反抗日本军官的压迫而逃出密林参加革命,1949年后生活稳定并收入颇丰,但这也使他原本健壮的身体日益萎缩,最后连鸡蛋也握不住了,最终被弄断了两根手指悲惨死去。

结合迟子建的成长经历,她的小说中频繁出现死亡意象应该是满—通古斯文化在她的心中长期积淀的结果。满—通古斯文化深深地影响了她对于生命的思考和感悟,使其拥有了与满—通古斯语族相似的生死观,认为死亡只是另一种生活的开始、一次远行,从而对她的心理意识产生影响并进而凝聚在她的文化心理和审美意识中,使她笔下的死亡意象既充满了深刻的辩证思想,又充满了神性的光辉,并有一丝对生命的执着与热爱隐含其中。

---

❶ 迟子建. 额尔古纳河右岸 [M]. 北京:北京十月文艺出版社,2008:45.

第二节　满—通古斯语族禁忌文化书写

迟子建自进入文坛以来，一直坚持以故乡大兴安岭作为地域文化背景来构建自己的文学世界，在多年的文学创作中，她始终如一地描绘着白山黑水、林海雪原等东北独特的自然景观，展示着丰富多彩的地域文化，尤其是近年来对其故乡主要的地域文化——满—通古斯文化的书写，已成为寻求其文学世界中人物的性格、思想和行为方式深层文化基因的内在依据，其作品由此具有浓郁的满—通古斯文化色彩。这在以下几个主要方面都有着非常明显的体现：禁忌文化、萨满神歌、鄂温克族神话、萨满治病和萨满的超自然行为。下面将具体分析其作品的满—通古斯文化特色。

禁忌，是人类社会普遍存在的文化现象之一，国际学术界将其称为 Taboo 或 Tabu，具有禁止或抑制的含义，意思为避免遭到惩罚。据考证，该词源于南太平洋波利尼西亚汤加岛人的土语。弗洛伊德在《图腾与禁忌》中指出，"禁忌随着文化形态的不断转变，逐渐形成为一种有它自己特性的力量，同时也慢慢远离了魔鬼迷信而独立。它逐渐发展成为一种习惯、传统，而最后则变成了法律"[1]。

与之相仿，中国古代思想家也常使用"禁忌"一词来描述当时

---

[1] 弗洛伊德. 图腾与禁忌 [M]. 文良文化, 译. 北京：中央编译出版社，2005：26.

的生活事项，如东汉史学家班固撰写的《汉书·艺文志·阴阳家》曾说道："阴阳家者流，……敬顺昊天，历象日月星辰，敬授民时，此其所长也。及拘者为之，则牵于禁忌，泥于小数，舍人事而任鬼神。"❶ 这恐怕是"禁忌"一词在我国的最早记载。它说明在东汉或许更早的时候，就已经产生并运用该词了。

综合国内外民族学或文化人类学资料，可以推导出禁忌的基本含义，即它是一种否定性的行为规范。就其本质而言，禁忌乃人类生存意识和自我保护观念在民间信仰方面的一种表现。在世界各民族文化的发展演变过程中，禁忌是几乎伴随了人类产生以来的历史现象，是各民族共有的文化现象。自然，满—通古斯语族也不例外。

满—通古斯语族禁忌的产生，与其物质文化和精神文化的发展及其所处的生活环境紧密相连。据史料记载，满—通古斯语族生活在气候恶劣的北方地区，那里气候条件十分恶劣，生活条件相当艰苦。在严酷的大自然面前，尤其在充满危机或敌意的生存环境下，人的力量显得是那样渺小。当面对严酷的大自然和危机四伏的生存环境时，满—通古斯语族先民尽管对这些无法抗拒的力量有一些体验和感性认识，但是由于当时的社会生产力发展水平和对自然界认知能力的限制，他们还不能正确理解一些对于现代人习以为常的自然现象及社会的发展变化规律。面对自然界中日月星辰的更替，春

---

❶ 班固. 汉书艺文志（姚氏注解）[M]. 上海：上海大中书局，1932：30.

第六章 迟子建的满—通古斯文化书写

夏秋冬的轮回，山川草木的枯萎，以及人的生老病死，他们感到不可思议和自身力量的渺小。从而，他们认为世界上有超自然的力量在操纵着世间的一切，这些力量是人类的主宰，平时要崇信并愉悦于他们。于是在"万物有灵"观念的支配和生存本能的驱使下，为了躲避灾难，保证生存繁衍，他们便根据生活经验来规范自己的行为，祈求通过自我的约束控制，避免可能遭受的惩罚和厄运，从而形成了最早的禁忌。基于这种认识，在随后的历史长河里，满—通古斯语族为避免受到超自然力量的惩罚而对可能触怒神灵的事物、言行加以规避和禁止，逐渐形成了独特的禁忌文化。禁忌文化是满—通古斯语族独特的精神原型和文化起点，其中蕴含着丰富的民族文化密码和精神内源。

在长期的历史发展过程中，满族于 1599 年创制了满文，锡伯族则是在"满文基础上略加改动形成了锡伯文"[1]，而鄂伦春族、鄂温克族和赫哲族有语言但不具有本民族文字。在原初的童蒙时期，满—通古斯语族因为没有文字，其民族文化也就不可能以书面文献的形式记录和保存，先人们只好用口耳相传的方式来接续民族的精神血脉，并形成了十分丰富的民间口承文学。禁忌文化的传播需要借助民间口承文学的力量，因此禁忌文化作为一种满—通古斯语族极为常见的文化现象，大量出现在民间口承文学中。

迟子建的故乡大兴安岭是我国满—通古斯语族的核心区域，那

---

[1] 舒兰. 锡伯文 [J]. 民族语文，1981（2）：76.

里冬季极长,是我国最寒冷的地区之一。在当地生活的各族人民,冬天里常常整日半宿地围着老人听他们讲述各种神话、传说和历史故事,这为内置于民间口承文学中的禁忌文化的传播提供了契机和土壤。因此,满—通古斯语族的民间口承文学对迟子建的文化心理和审美意识的形成产生了深远的影响,是她文学创作的原动力之一。正如作家苏童谈到迟子建的文学创作时,感叹道"她有一个先声夺人的故乡"。迟子建在谈到她的文学启蒙时说:"我最初的文学启蒙也得之于我的父老乡亲。我们家乡冬天下午三点钟天就黑了,大家就聚在一起,抽着黄烟,嗑着瓜子,喝着那种很劣质的茶,开始谈天说地,讲鬼神故事。我从这些鬼和神的传奇故事里面,获得了无穷无尽的幻想。我想这也许是我最早的文学感觉吧。"❶

纵观迟子建二十多年小说创作的文本脉络,我们可以发现近几年满—通古斯文化元素在迟子建的小说中频繁出现,每一部作品无不浸透着她对满—通古斯文化的思考,而她所依靠的绝不仅是对满—通古斯文化的体察及将其转化为文学的特质和能力,还有在中国持续的现代性转型过程中,面对传统文化转型危机自然地向积淀在内心深处的满—通古斯文化寻求自救方案以缓解现代性压迫的一种自我澄清的努力。迟子建通过书写满—通古斯文化,以期能够达到自我文化的反思和重构,这种新兴的文学现象应当引起我们的关注。迟子建在采借满—通古斯文化进行创作过程中,融入了大量的民族

---

❶ 方守金,迟子建.自然化育文学精灵——迟子建访谈录[J].文艺评论,2001(3):80.

神话、传说、故事、神歌等民间口承文学资源。尤其是伴随满—通古斯语族从远古一路走来内容极为丰富、内涵及其深远的禁忌文化,如果将其从迟子建小说中提出,作为一个主题进行专门探讨,一方面可以将民间口承文学的研究导入更为广阔的天地,另一方面也可以拓宽迟子建小说的研究思路和空间,是进行满—通古斯文化与迟子建小说研究的一个绝佳的切入点。

满—通古斯语族具有悠久的历史,为了与生存环境和谐共处,在长期的生活实践中形成了大量的禁忌文化,这些禁忌文化具有自身的独特性和浓郁的民族性。选取《额尔古纳河右岸》作为满—通古斯语族禁忌文化的代表性个案予以分析的原因有两个:一是小说全方位地展现了鄂温克族对自己传统生活方式的顽强坚守和文化变迁。小说采用鄂温克族最后一位酋长妻子的视角讲述了鄂温克族近百年所经历的悠长而伤感的发展变化史,如果将其置于文化人类学视野中,《额尔古纳河右岸》可以说是一部记载鄂温克族近百年来文化变迁的宏大史诗。二是小说中典型的跨文体现象。迟子建在《额尔古纳河右岸》中引入了大量的鄂温克族的故事、神话、神歌、禁忌等民间口承文学资源,展现了极具鄂温克族民族特色的多种文化形态,并运用独特的文学创作手段进行建构,鄂温克族的民族文化深度和精神指向在这种跨文体的叙述中得到了最大限度的彰显。

鄂温克族在历史上创造了极具民族特色的物质文化和非物质文化,禁忌文化正是其传统文化的内涵之一。禁忌文化是民族精神面貌、性格特征和精神生活的重要组成部分，广泛存在于他们的生产和日常生活领域内，按照禁忌类型可以将其分为信仰禁忌和世俗禁忌。信仰禁忌主要包括自然禁忌、图腾禁忌、祖先禁忌、神灵禁忌和命运禁忌；世俗禁忌主要包括狩猎禁忌、生育禁忌、婚姻禁忌、丧葬禁忌、生活禁忌、饮食禁忌、居所禁忌和服饰禁忌。鄂温克族禁忌文化的产生具有错综复杂的社会历史背景，涉及社会生产力水平、原始巫术、宗教信仰及伦理道德等诸多因素。迟子建在《额尔古纳河右岸》中对鄂温克族的禁忌文化进行了多角度的描述，全方位地展现了鄂温克族的禁忌文化，对于我们认识和理解鄂温克族的社会历史发展过程及其悠久民族文化传统是不无裨益的。下面以鄂温克族为例来阐释迟子建文学中满—通古斯文化的禁忌文化。

萨满教信仰是中国满—通古斯语族各民族的原始信仰。作为产生于人类童年时期的自然宗教，萨满教是建立在原始渔猎经济基础上，集自然崇拜、图腾崇拜、祖先崇拜于一体的原始宗教，以泛神论和万物有灵论作为其哲学观念和思想基础。鄂温克族生活在寒冷的北方地区，由于生产水平低下和科学知识有限，对各种自然现象不能进行科学的解释，导致鄂温克族先民们在萨满教的影响下，形成了各种各样的信仰崇拜，从而衍生出丰富的禁忌文化。

鄂温克族先民们把自然力或自然物视作具有生命意志和超凡能量的对象，加之自身生产力和认知水平低下，便形成了对日、月、星、风、雨、雷、虹、水、火、山、石等物的自然崇拜，并赋予它们神

第六章 迟子建的满—通古斯文化书写

异的灵性和超自然的力量，进而对其心存敬畏，时刻注意自己的言行，产生了自然禁忌的观念与行为。满—通古斯语族的先民们很早就懂得使用火，他们白天做饭，冷天御寒，夜里抵挡黑暗的孤寂和野兽的侵袭，火使其生活发生了翻天覆地的变化。满—通古斯语族的先民们在惊异于火的神奇之余，对火产生了虔诚的崇拜。例如，随着对火的重要性及依赖性不断增强，鄂温克族先民们将他们创造的司火者逐渐神化，火神便由单纯的自然神发展为具有人类情感的人格神。火神在鄂温克族人的心目中是神圣不可侵犯的，由此形成了种种禁忌，通行于鄂温克族的日常生活中。关于鄂温克族对火的禁忌，《额尔古纳河右岸》中是这样描述的："我们是很崇敬火神的。从我记事的时候起，营地的火就没有熄灭过。搬迁的时候，走在最前面的白色公驯鹿驮载的是玛鲁神，那头驯鹿也被称作'玛鲁王'，平素是不能随意役使和骑乘的。其后跟着的驯鹿驮载的就是火种。我们把火种放到埋着厚灰的桦皮桶里，不管走在多么艰难的路上，光明和温暖都在伴随着我们。平时我们还常淋一些动物的油到火上，据说我们的祖先神喜欢闻香味。火中有神，所以我们不能往里面吐痰、洒水，不能朝里扔那些不干净的东西。这些规矩，我和列娜从小就懂得，所以尼都萨满给我们讲火神的故事时，我们都很入迷。"[1]由此可见，在鄂温克族漫长的生活进程里，对火的禁忌意识是非常强烈的，而且渗透到日常的生活行为规范中。

---

[1] 迟子建. 额尔古纳河右岸 [M]. 北京：北京十月文艺出版社，2008：29.

在满—通古斯语族先民的生存环境周围,往往是莽莽苍苍的森林,对树神的崇拜在他们的生活中占有非常重要的位置。同样,鄂温克族先民对他们赖以生存的茂密森林、树木产生了超越自然的执迷信仰与特殊的情怀,他们将树木人格化和神灵化,认为山神"白那查"的灵魂附着在古老、粗大、树枝繁茂的树木上。"白那查"超越了树木本身,拥有了超自然的生命力,是具有神性和人性的山林之神,掌管着山林中的野兽并控制着猎人的命运。鄂温克族对山神"白那查"非常尊重,他们上山打猎时,首先选一棵粗大的白桦树或松树,割去向阳面的树皮,在树干上画出"白那查"的形象后,对其祭拜,祈祷山神保佑猎人行猎安全和多打猎物。迟子建在《额尔古纳河右岸》中对鄂温克族对树木的崇拜和禁忌也进行了叙述:"猎人行猎时,看见刻有'白那查'山神的树,不但要给他敬奉烟和酒,还要摘枪卸弹,跪下磕头,企求山神保佑。如果猎获了野兽,还要涂一些野兽身上的血和油在这神像上。那时在额尔古纳河右岸的森林中,这样刻有山神的大树有很多。猎人从'白那查'身边经过,是不能大吵大嚷的。"[1] 在鄂温克族人信仰观念中,把树木神灵化、人格化为山神后,人们在山林中的行为活动也随之产生了很多的禁忌,任何对树木的不尊重行为,都是对山神"白那查"的极大亵渎,是会受到神灵责罚的。

图腾禁忌源于图腾观念,是原始人把图腾当作亲属、祖先或保

---

[1] 迟子建. 额尔古纳河右岸 [M]. 北京:北京十月文艺出版社,2008:40.

护神的一种表现。根据其内容，图腾禁忌可分为行为禁忌、食物禁忌和言语禁忌三种类型。❶行为禁忌指对图腾物禁止伤害、禁止捕杀、禁止触摸甚至禁止注视；食物禁忌是指禁止食用图腾；言语禁忌是指禁止直接称呼图腾的名称。根据鄂温克族的分布地域，其图腾呈现出明显的地域性，具体来讲，敖鲁古雅鄂温克人崇拜蛇图腾和熊图腾，陈巴尔虎旗鄂温克人崇拜蛇图腾，雅鲁河流域鄂温克人崇拜蛇图腾。❷

在《额尔古纳河右岸》中对于人与熊的关系是这样描述的："熊的前世是人，只因犯了罪，上天才把它变成兽，用四条腿走路。不过有的时候，它仍能做出人的样子，直着身子走路。"❸萨满妮浩在为熊做风葬仪式的时候，总爱唱一首祭熊的歌，体现了鄂温克人与熊之间的关系。这首歌的歌词是："熊祖母呀，你倒下了，就美美地睡吧！吃你的肉的，是那些黑色的乌鸦。我们把你的眼睛，虔诚地放在树间，就像摆放一盏神灯！"❹

鄂温克族一方面把熊作为图腾来崇拜、供奉，另一方面却又猎杀熊和吃熊。捕猎熊后，鄂温克族为了释放心中的恐慌与不安，他们便以一种约定的仪式来延续这种图腾禁忌。就像《额尔古纳河右岸》中的叙述："他们把熊抬回营地后，迎候的人都伫立着，假意垂

---

❶ 何星亮. 图腾禁忌的类型及其形成与演变 [J]. 云南社会科学, 1989（3）: 84-90.
❷ 王立珍. 鄂温克族神话研究 [D]. 北京：中央民族大学, 2003 : 69.
❸ 迟子建. 额尔古纳河右岸 [M]. 北京：北京十月文艺出版社, 2008 : 78.
❹ 同 ❸ 130.

泪。"❶ "我们崇拜熊,所以吃它的时候要像乌鸦一样'呀呀呀'地叫上一刻,想让熊的魂灵知道,不是人要吃它们的肉,而是乌鸦。"❷ "吃熊肉是有很多禁忌的。比如切熊肉的刀,不管多么锋利,我们也要叫它'刻尔根基',也就是'钝刀'的意思。"❸ "吃熊肉的时候,是不能乱扔熊骨的。"❹ 文中的马粪包吃熊肉时,由于不守禁忌,乱扔熊骨而遭到了惩罚,被熊骨卡住,险些丧命。

从《额尔古纳河右岸》对人熊关系描述中,我们知道鄂温克族人认为熊与人有直接的血缘关系,并称熊为熊祖母。鄂温克族虽然崇拜熊,但是他们仍然以熊为食物,因此鄂温克族人对熊的禁忌应属于图腾禁忌中的言语禁忌。

除崇拜熊外,在《额尔古纳河右岸》中还有对蛇崇拜的叙述:"没想到她舞弄蛇的时候,它贴着依芙琳的耳朵说出了人话:依芙琳,你就是再跳,跳得过我吗?她一听,那是达玛拉的声音,于是就跪下来,把蛇放走了。……从那以后,我绝不允许我的儿孙们打任何一条蛇。"❺ 文中对蛇的禁忌则属于图腾禁忌中的行为禁忌。

鄂温克族人认为,所有的野兽都由山神主宰,猎人的收获是神灵恩赐的结果。另外,对于以狩猎为主要生产方式的鄂温克族来说,

---

❶ 迟子建.额尔古纳河右岸[M].北京:北京十月文艺出版社,2008:156.
❷ 同❶6.
❸ 同❶157.
❹ 同❸.
❺ 同❶139.

狩猎还具有一定的不稳定性和危险性,所以将打到猎物与否视为神灵的奖赏与惩罚。再者,狩猎的结果关乎族群的生存发展,从而对狩猎者的语言、行为等诸多方面都有着严格的禁忌。

在《额尔古纳河右岸》中出现了多次狩猎禁忌的描述:"大人们出猎前,常常要在神像前磕头。"❶ "他们很忌讳带女孩子出猎。"❷ "父亲一离开,鲁尼就吓唬我说,快看,前面有狼,我看见它的眼睛发出的亮光了!我刚要叫,听到了鲁尼的话的父亲回过头来,他对鲁尼说,我怎么跟你说的了?一个好猎手在出猎的时候是不能胡说八道、多嘴多舌的!"❸ "林克划着船,快意地打着口哨,带着我和鲁尼向回返。但路过参天大树的时候,林克就不敢打口哨了,他怕惊扰了山神'白那查'。"❹ "一般来说,猎人是忌讳有女人跟着的,尤其是女人身上有月事的时候,认为那会带来厄运。"❺

鄂温克族人认为能否打到猎物,打到何种猎物,打多少都是由神灵安排好的,如果在狩猎过程中出现乱打乱叫、不尊重山神、有女人在场等行为,就会激怒神灵,猎人就会遭到惩罚,轻则影响猎物数量,重则危及猎人的安危,因此在长期的狩猎过程中对许多狩猎方面的禁忌约定俗成。

---

❶ 迟子建.额尔古纳河右岸[M] 北京:北京十月文艺出版社,2008:8.
❷ 同❶36.
❸ 同❶37.
❹ 同❶40.
❺ 同❶83.

鄂温克族先民们由于对生育知识的极端匮乏，对人类的生殖繁衍充满了神秘感，加之生产力水平落后、狩猎生产和部落战争的需要等原因，希望出生的孩子身体强健，母子平安，于是在漫长的岁月里形成了种种的生育禁忌。

迟子建在《额尔古纳河右岸》中对鄂温克族人的生育禁忌主要从孕妇禁忌和分娩禁忌两方面进行了描述。有关孕妇禁忌的内容有"玛利亚那么多年不孕，与达西剥下来的那张母狼皮有关。那张狼皮是不吉祥的"❶，"不能让新娘睡熊皮褥子,那样会不生养的"❷,"在我们民族的禁忌中，妇女是不能从斧子上跨过的，据说那样会生傻孩子的"❸,"当杰芙琳娜有了身孕后，玛利亚非说她已经从斧子上跨过，她怀的孩子被上了咒语，一定是个傻子，坚决不让杰芙琳娜留下那个孩子"❹。鄂温克族妇女禁睡狼皮和熊皮是图腾禁忌的延伸，而禁止妇女跨过斧子，则是父权制社会的一种反映。因为，鄂温克族生活在山林中，斧子是主要的生活生产工具，从而斧子被认为是男人的象征，禁止妇女跨过。

除孕妇禁忌之外，鄂温克族人还非常重视分娩禁忌，他们把孕妇分娩过程中出现的血污看作不洁之物，怕在家中分娩给家人带来灾祸。因此，鄂温克族妇女在分娩时，产妇需搬进离住房约 10 米远

---

❶ 迟子建. 额尔古纳河右岸 [M]. 北京：北京十月文艺出版社，2008：51.

❷ 同❶ 121.

❸ 同❶ 154.

❹ 同❸.

专门搭建的"亚塔珠"中,不得在原住屋内生孩子,并且男人禁止入内。分娩禁忌在《额尔古纳河右岸》中也有描写:"拉吉达帮我搭了一个产房,我们叫它'亚塔珠',男人是绝对不能进亚塔珠的。女人呢,也很忌讳帮别人助产,据说那样会使自己的丈夫早死。"❶

鄂温克族实行一夫一妻的氏族外婚制。新中国成立前除氏族外婚制外,鄂温克族还有"姑舅表婚"的风俗,但是禁忌异辈通婚。到了现代,在民间仍然保留着"转房婚"的习俗❷,即哥哥去世后,弟弟可以娶其嫂,但是弟弟死了之后,哥哥不能娶弟媳;妻子死了之后,丈夫可以续娶妻妹,但不能娶妻姐为妻。因为,鄂温克族认为兄如父,若兄娶弟媳,如同父娶儿媳为妻。妻姐如母,若娶妻姐,如同儿娶母为妻,这在鄂温克族的伦理道德观内是乱伦行为,是严禁的异辈通婚;丧夫后的寡妇,三年后可改嫁。

严禁异辈通婚和寡妇需守孝三年的禁忌在《额尔古纳河右岸》中都有提及。如达西要娶杰芙琳娜时,玛利亚对他说:"你真要娶杰芙琳娜,也得等她为金得守满三年孝。"❸迟子建在叙述严禁异辈通婚的禁忌时,给予了浓墨重彩,因为这不是简单地营造满—通古斯文化氛围,而是引发一段凄美爱情故事的文化背景,是推动故事情节和刻画人物的需要。

---

❶ 迟子建. 额尔古纳河右岸 [M]. 北京:北京十月文艺出版社,2008:86.
❷ 王晓明,王咏曦. 鄂温克人的婚丧习俗 [J]. 黑龙江民族丛刊,1988(3):85–89.
❸ 同 ❶ 127.

有了严禁异辈通婚的禁忌，小说中的达玛拉和尼都萨满的枯萎和疯癫就是自然的了。尼都萨满和弟弟林克都深爱着达玛拉，但是他在与弟弟比赛射箭来决定谁可以娶达玛拉时输掉了比赛，也输掉了与心爱女人结为伴侣的权利。当林克死后，虽然两人苦苦相恋，但是因为氏族严禁异辈通婚的禁忌而不能结合，尼都萨满只能永远凝视心爱女人的背影，看着她日渐枯萎地死去。当达玛拉死后，尼都萨满怕达玛拉渡不过血河而为她唱了一首血河歌。

鄂温克族认为，如果死后不能渡过血河，灵魂就会彻底地消亡。因此，血河歌里唱出的是怎样的刻骨铭心的爱啊，两人只能泪眼相对而不能两手相牵，那份深情、眷恋、执着只能永远留在心里，这样的人间真爱也不能逾越氏族禁忌那耸入云端的藩篱，可见鄂温克族人心中禁忌的魔力是多么强大，让人至死不敢越雷池一步。

鄂温克族是十分讲究礼节的民族，生活禁忌的范畴非常广，包括礼仪、交往、行为及语言等各方面，是一切生活当中必须遵守的。鄂温克族人普遍认为，人间之所以会有各种灾祸与不幸，正是因为人们在生活中冒犯了神灵。例如，女人绝对禁止摸男人的头，在《额尔古纳河右岸》中伊万的妻子娜杰什卡"顺手在伊万的头上摸了一把。她这举动被依芙琳看到了，依芙琳愤怒地叫了起来，斥责娜杰什卡。我们这个民族的女人，是不能随意摸男人的头的，认为男人的头上有神灵，摸了它，会惹恼神灵，加罪于我们。依芙琳大声叫着：娜

第六章　迟子建的满—通古斯文化书写

杰什卡摸了伊万的头了,大家路上要小心了"❶!

鄂温克族人禁忌直呼长辈的名字。在《额尔古纳河右岸》中对这方面的禁忌也有叙述,"鲁尼的出现,使我和列娜改变了对父母的称呼。原来我们规规矩矩地像其他孩子一样,称母亲为'额尼',称父亲为'阿玛',因为鲁尼太得宠了,我和列娜起了嫉妒心,私下里就管母亲叫达玛拉,叫父亲为林克。所以现在提到他们的时候,我还有些改不过来。请神饶恕我"❷。

由于社会历史的发展进程、自然环境和自然条件等的差异,各个民族逐步形成了各自不同的风俗习惯和禁忌文化,鄂温克族的禁忌文化是满—通古斯语族传统文化的重要组成部分。一种文化得以诞生,并能够长期延续和发展,总是有其合理性和必然性,鄂温克族的传统禁忌也不例外。这里,自然条件相对恶劣,社会发育程度不完善,无论是从历史角度还是从现实角度考察,基于人物质生活与精神生活秩序与规范的需要而产生的传统禁忌,对于鄂温克族人的物质生活和精神生活都产生了不可低估的影响,其文化价值和社会功能呈现多元属性,从客观上起到了生态保护、规范社会、保护自我和调适心理的功能。

鄂温克族的禁忌文化包含的内容非常丰富,展示了鄂温克族民族文化的丰富性、多样性和神秘性,在这里只是以出现在《额尔古

---

❶ 迟子建.额尔古纳河右岸[M].北京:北京十月文艺出版社,2008:31.
❷ 同❶10.

纳河右岸》文本内部的禁忌文化进行文化密码的破译。从小说中的鄂温克族禁忌文化可以看到，禁忌存在于鄂温克族人生产生活的各个层面，在一定意义上充当了法律的功能，起到了强化社会道德的作用。产生如此众多的禁忌的原因也是多种多样的，总体来说这些禁忌文化的产生是与鄂温克族的萨满教信仰和特定的生产、生活方式密切相关的，也是鄂温克族为适应环境、维持生存和谋求发展的一种无意识的选择。禁忌文化尽管有其明显的缺点，但是无论从历史的还是现实的角度考量，都能够发现禁忌文化的社会功能与文化内涵是多元性的，对鄂温克族的物质生活和精神生活有着不可低估的影响。

在《额尔古纳河右岸》中，迟子建从鄂温克族众多的禁忌文化中选取素材的标准主要有两个方面，一是故事情节发展的需求，如前文所讨论的世俗禁忌中的婚姻禁忌；二是突出维护自然与社会秩序的禁忌文化，如信仰禁忌。除此之外，迟子建对带有负面社会功能的禁忌文化根本没有涉及。迟子建之所以着重叙述鄂温克族的禁忌文化，是因为她敏锐地意识到禁忌文化不但是鄂温克族社会秩序的基石，调节和管理着原始社会体系中的各个方面，而且还是鄂温克族民族文化深层心理结构的宏观体现，蕴含着鄂温克族人的民族世界观、伦理观及审美观，这种文化心理制约着鄂温克族的行为方式、生存方式和思维方式，从而无意识地表现出鄂温克族朴素的生态意识。也就是说，鄂温克族人依靠禁忌文化维持着人与自然的关系，有利于人们适应环境，客观上起到了保护生态环境的实质性作用，这与迟子建一贯的创作思想非常吻合。

从文学意义上来讲，鄂温克族的禁忌文化只是一种文学题材，经过迟子建的艺术创造后以一种鲜活的形式呈现在读者面前，且不同于专业典籍和民间口承文学中的禁忌文化，因此它属于一种文学艺术。我们应透过表象，把握小说中鄂温克族的禁忌文化的价值取向和审美底蕴，从经过艺术加工的鄂温克族禁忌文化中解读其背后所蕴含的人类应与环境和谐共生的朴素生态哲学思想，这才是迟子建所要阐述的真正文学内涵。

第三节　满—通古斯语族萨满神歌书写

满—通古斯语族各民族自古以来信奉萨满教，并以其为思想基础，形成诸多萨满神歌、萨满教祭祀仪式等一系列萨满文化。古老的萨满教是满—通古斯语族各民族自古以来信奉的原生性宗教，是一种建立在原始渔猎经济基础上，集自然崇拜、图腾崇拜、祖先崇拜于一体的原始多神宗教，泛神论和万物有灵论是其哲学基础和思想基础，萨满是具有通神能力和承担沟通人神使命的人。在传统的萨满文化中，满—通古斯语族的萨满神歌是其宝贵的精神财富，并且内容丰富、形式多样，是其在早期渔猎经济社会时代诞生的一种经典文化之作,蕴含着丰富的文化积淀。因此,萨满神歌对于我们认识满—通古斯语族的精神实质和萨满教的表现形态具有重要的价值。

迟子建是一位文学创作极具地域归属感的作家。她本人多次强调故乡地域文化对她创作的深刻影响:"至于文学的地域性,我想它就像北方过冬必需的棉衣,特定的季节来临时,你必须穿上它才能度过寒冬。"❶迟子建的故乡大兴安岭处于满—通古斯语族的核心区域,从她降生之日起,就依靠汲取这一环境中的文化营养成长,因此对生活在这方广受满—通古斯文化浸润的黑土地的迟子建来说,满—通古斯文化因素作为一种深层的文化积淀,对她的心理意识产生影响并进而凝聚在她的文化心理和审美意识中,从而她的小说大都植根于养育她的这片土地和森林。

迟子建和故乡的渊源,可以模仿一句汪曾祺对沈从文的评价:"迟子建一直生活在广袤的大兴安岭里,20岁以前生活在大兴安岭的土地上,20岁以后生活在对这片土地的印象里"❷,这一句话准确地定位了迟子建与故乡大兴安岭的关系,故乡赋予她无穷无尽的创作之源。虽然迟子建是一位汉族作家,但是由于成长在大兴安岭这个满—通古斯语族核心区域的文化场内,她的文学创作自然会受到满—

---

❶ 迟子建,文能.当代作家选集丛书——迟子建卷[M].北京:人民文学出版社,2000:5.
❷ 韩莓.人性的长河——沈从文边地小说的文化源头探微[J].华中师范大学学报(哲学社会科学版),1996(4):114.

通古斯文化的浸润和影响。在《微风入林》《树下》《布基兰小站的腊八夜》《一坛猪油》和《伪满洲国》中都零星塑造了一些鄂伦春族的人物形象,而叙述敖鲁古雅鄂温克人百年沧桑历史的《额尔古纳河右岸》则是迟子建对满—通古斯语族书写的代表作品,并得到了主流意识形态话语和学术批评话语的双重认可。迟子建以他者的身份介入少数民族书写领域以来,并没有被看作如鄂温克族作家乌热尔图所说的对他人自我阐释权的无视甚至剥夺❶,这充分说明迟子建的写作已成功突破民族间文化壁垒,逐步走进了满—通古斯语族的精神领域和心理世界。

迟子建在进行文学创作过程中,融入了大量的满—通古斯语族的神话、传说、萨满神歌及禁忌等民间口承文学资源,体现出了很强的民族性,但是其中有一个重要的文学现象应当引起我们的关注,就是她对萨满神歌的采借和创作。迟子建小说中其他的满—通古斯文化,如神话和禁忌,我们都可以在相关的文献中找到其原型资源,而萨满神歌除一首以鄂伦春族春祭时的《春风神歌》为原型资源外,其他神歌则在文献中无迹可考,因此这些萨满神歌是迟子建根据自己对满—通古斯文化的理解进行的文学创作,而萨满神歌在文本的叙述中对于故事情节的推动和人物的刻画都至关重要。那么,这些萨满神歌是不是真正意义上的萨满神歌,是否仍然可以充当满—通古斯语族古老宗教文化的艺术载体,是否仍然适合满—通古斯语族

---

❶ 乌热尔图.声音的替代[J].读书,1996(5):89-95.

的萨满教祭祀仪式，是否仍然蕴含着满—通古斯语族独到的思想内涵，是否仍然可以展现满—通古斯语族的精神原乡等，都变成了值得探讨的学术问题。从而，在迟子建的满—通古斯语族书写的研究领域，萨满神歌成为不可回避的研究内容。

萨满神歌是萨满在主持各种萨满教仪式及消灾祈福、婚丧、驱魔治病等仪式时，由萨满唱诵的各种祷词和祭词。[1]这里首先需要厘清的是萨满神歌与"跳大神"的概念，前者是萨满举行诸多宗教仪式的一部分，是不收取任何报酬的宗教行为，后者则是纯粹以欺骗为手段、以营利为目的而进行的封建迷信活动，两者之间有本质的区别。萨满神歌集中体现了满—通古斯语族萨满教的信仰观念，是满—通古斯语族宗教诗歌的主体和萨满教的精神核心，包含着丰富的民族文化内容，融音乐、舞蹈、诗歌为一体，展现了满—通古斯语族的古代宗教、舞蹈、音乐、诗歌等文化的原生岁月，与神话传说和民间故事等同为萨满文化的艺术载体。因此，萨满神歌除宗教性质外，还具有独特而鲜明的地域性文学特色。有些萨满神歌里还包含着原始神话传说或民歌的片段，甚至具有一定叙事诗性质。[2]

萨满教仪式常常通过降神的舞蹈仪式和神歌的演唱来展现。由于满—通古斯语族诸民族文化发展的不同步，导致各民族的萨满教仪式也有很大的差异。满族文化较其他民族的文化更趋成熟，因此

---

[1] 汪立珍. 鄂温克族萨满神歌的文化价值 [J]. 满语研究，2000（1）：92-97.
[2] 巴图宝音，武永智. 论鄂温克族民间文学 [J]. 内蒙古社会科学，1983（1）：79-86.

信仰的神灵由野神向家神的过渡已基本完成，萨满教仪式也随之发生了变化。那些主持野祭的能够神灵附体、降妖除魔的野萨满慢慢消失，逐渐被念祷文的主持家祭的家萨满取代，家萨满诵唱的是祭辞，故在满族的萨满神歌中存在大量的家祭神辞。由此可见，野萨满可以在神与人之间交流信息，并能借助神灵之力为人消灾致福，能在神灵附体时展现不同的角色特征，家萨满则为主诵祷辞的祭礼司仪。❶

相对于满族，鄂伦春族、鄂温克族等民族的信仰呈现出原始的泛神崇拜特点，突出表现在对大自然、动物和植物等的原始崇拜上，而其家族的祖先神还没有发展到完型期。因此，鄂伦春族、鄂温克族等民族的宗教文化具有鲜明的狩猎文化特征，野祭由此成为萨满教的主要仪式。鄂伦春族、鄂温克族等民族的萨满在神灵附体时吟唱的神歌与满族家祭萨满的祝辞相比更具角色化，但神灵的威严相对淡化。家祭祝辞中的主体部分是称赞供品的丰盛来讨好神灵，然后祈求神灵佑护，野祭神歌中对神灵讨好的祈祷和恭敬的话语要少于家祭中的祝辞，侧重于赞颂神灵的威力。从而，野祭中的神歌和家祭中的祝辞被统称为"萨满神歌"。

满—通古斯语族的萨满神歌是满—通古斯语族先民创作的口承文学，如果抛开其宗教色彩，单从诗歌的结构、语言、韵律的角度来看，这些汉译过来的萨满神歌主题鲜明、句式比较整齐，而且常

---

❶ 孟慧英. 神歌与萨满教仪式 [J]. 满族研究，1995（2）：51–58.

用衬字调剂节奏，可念可诵可唱，呈现出质朴的特征，与民歌体的诗歌比较接近。在神歌的体裁方面，满—通古斯语族的萨满神歌有五言诗、六言诗、九言诗及近似散文体的自由诗。

纵观迟子建的文学创作，根据其作品中萨满神歌出现的文本环境及文中所发挥的功能，这些萨满神歌可以被划分为四类，分别是招魂神歌、祭熊神歌、春祭神歌和送魂神歌。

萨满招魂神歌是满—通古斯语族萨满举行驱魔治病的仪式时诵唱的神歌。萨满招魂治病是萨满教小型的宗教仪式，是满—通古斯语族最常见的宗教活动，通常由一个萨满来完成。萨满招魂仪式通常在夜间屋里举行，没有日期限制，仪式相对自由。萨满可以根据仪式的进展和病情的需要来诵唱神歌，目的是请神附体来驱魔治病。迟子建在《伪满洲国》中描写了由一位鄂伦春族老萨满主持的招魂治病活动。老萨满在跳神时诵唱的神歌是：

孩子呀孩子，波八列，
清晨的太阳别错过，
晚间的太阳很阴暗，
雨间的太阳有彩虹，
冬天的太阳时间短。
孩子呀孩子，
你要回到父亲的身边，
你母亲给你准备了花衣服，

你父亲给你准备了金子，

你母亲给你准备了银子，

孩子呀孩子……❶

下面是一首翻译成汉语的鄂伦春族招魂神歌，该神歌被采录于黑龙江省塔河县，是当地鄂伦春族萨满在举行驱魔治病仪式时唱诵的：

波列、波列、波别列波别列，

孩子啊、孩子、孩子，

你的父母在召你的魂灵。

你可不要往西去，

小心鬼神把你抱走。

你千万别错过太阳刚刚升起的红光，

你父母在怀中抱着你，

时刻没有离开过你。

你的父母在到处找你呀，

你母亲给你准备了好吃好穿的。

孩子，不要到黑暗的阴间去，

我们全力寻找你，

你是我们最心爱的孩子，

快快回到父母的怀抱中去。

---

❶ 刘春玲.论萨满神歌对迟子建跨民族书写的推动及其功能[J].学术交流，2014（10）：162.

你父母在家中的神位上，

在寻找着你呀。

孩子啊、孩子，

你快快回来吧，

姐姐妹妹与你一起玩游戏，

你赶快踏着早晨的云雾，

回到父母的怀抱中去，

你看到太阳的光亮就快跑过来，

我们最心爱的孩子。❶

这两首都是以太阳作为其叙述背景的典型散文体萨满神歌，满—通古斯语族先民认为太阳是由太阳神赐予的，能够给人以温暖和光明。敖鲁古雅鄂温克人把太阳视为人类的母亲，将月亮视为人类的父亲，给人以光明，他们传说日月为萨满神灵之始祖。❷因此，这两首神歌均体现了自然崇拜、灵魂不灭等崇拜萨满教的观念与意识。与文献中的招魂神歌相比较，迟子建的这首招魂神歌无论在语言还是在萨满教观念的承载上，都体现了神形兼具的特点。

图腾崇拜是满—通古斯语族的萨满教原始形态之一。满—通古斯语族先民由于对自然界的认知有限，认为动物或灵禽与自己存在某些亲缘关系，因此将其作为图腾加以膜拜，从而形成了特定的风

---

❶ 郭崇林.黑龙江多民族仪式歌谣与民俗文化比较研究[J].民族文学研究，2010（3）：32.

❷ 卡丽娜.驯鹿鄂温克人文化研究[D].北京：中央民族大学，2004：115-116.

俗、礼仪和禁忌。图腾崇拜在鄂伦春族和鄂温克族中至今仍有遗存，如鄂温克族人和鄂伦春族人认为熊是他们的祖先，因此猎取到熊以后，会举行一整套的祭熊仪式。在《额尔古纳河右岸》中，萨满妮浩在为熊做风葬仪式时，总爱唱一首祭熊的神歌：

熊祖母啊，

你倒下了。

就美美地睡吧。

吃你的肉的，

是那些黑色的乌鸦。

我们把你的眼睛，

虔诚地放在树间，

就像摆放一盏神灯！❶

大兴安岭的鄂伦春族举行的祭熊仪式被称为"古洛依仁"，在仪式中要诵唱祭熊神歌，歌中唱道：

古落，古落	古落
阿玛哈（伯父），恩聂嘿（伯母）！	古落
你就要启程了，	古落
到你那向往的阴间去。	古落
是你喜欢我们，我们才成长，	古落
我们要把你的白骨好好风葬，	古落

---

❶ 迟子建. 额尔古纳河右岸 [M]. 北京：北京十月文艺出版社，2008：101-102.

时辰一到你就要走了。	古落
快吃完你喜欢的蚂蚁，	古落
快收拾好的你桦树林。	古落
……	
你不要降祸于我们，	古落
你是善良的阿玛哈，	古落
你是好心的恩聂嘿，	古落
你要多赐给我们猎物，	古落
保佑我们幸福生活。	古落
我们误伤了你，	古落
千万不要怨恨我们，	古落
你是兴安岭上的英雄，	古落
肠子流出来还在施威，	古落
鄂伦春人不敢提你的名，	古落
你是我们民族的祖先，	古落
你是我们民族的祖先，	古落
应保佑儿孙们幸福，	古落
请接受我们的厚礼，	古落
带给死去的祖先，	古落
……❶	

❶ 关小云. 鄂伦春族风俗概览 [Z]. 哈尔滨：黑龙江省民族研究所，1993：76.

这两首神歌都真诚地表达了鄂温克族和鄂伦春族对熊的虔敬之心和他们猎熊后的诚惶诚恐，极力地推卸猎熊的责任并祈求熊神保佑的复杂心态，均体现出了图腾崇拜的观念。但是相对迟子建笔下的神歌而言，鄂伦春族的"古洛依仁"对熊的谢罪和祈求保佑的心态更虔诚，形象地刻画出他们将熊作为祖先，视为图腾，杀之食之后却又担心受到报复的矛盾心态，将鄂伦春族对熊复杂的感情表达得淋漓尽致。因此，"古洛依仁"在民族心理的刻画和民族禁忌的叙述方面都要优于迟子建笔下的神歌。但从诗歌的角度来看，"古洛依仁"体现出的是质朴的口承文学的特征，而迟子建笔下的神歌则更具有文学性和抒情性。

每当冰雪消融时，大致在农历三月时节，鄂伦春族人都要举行隆重的春祭大典来求神保佑和迎接新一年的开始。这是一年中最重要的祭礼，所有远近的族人都会带着祭品前来参加，要请三个以上有威望的萨满来择吉日定场所。❶在春祭的仪式上，萨满要诵唱对春天祈愿的神歌，内容多是对生活的向往与追求。在迟子建的中篇小说《布基兰小站的腊八夜》中，鄂伦春族女猎手顺吉在喝了十儿盅酒后，便离座开始跳舞，边舞边唱着鄂伦春族萨满在春祭时唱的神歌：

我用四平头的鹿茸做我的梯子，

登上天空进入我的神位，

---

❶ 关小云. 鄂伦春族萨满春祭大典 [J]. 黑龙江民族丛刊，1993（2）：88–89.

我要用双手向人间撒满金子，
用双手向人间撒满银子，
用双手把成群的鹿赶到主人身边，
用双手把成群的紫貂送到主人手中，
让我的主人得到春天般的温暖幸福。❶

　　这首神歌是迟子建小说中唯一有原型资源的萨满神歌，它取自鄂伦春族关姓萨满在春祭大典时诵唱的《春风神歌》，神歌中的唱词原为鄂伦春语，其汉语意思如下：

我用四平头的鹿茸做我的梯子，
登上天空进入我的神位，
我叫谢恩，是人间的祖神，
到天空又变成春风神，
请用香味弥漫的"阿叉"（爬山松）熏我的神位，
使我变成了高尚的神。
我站在空中看人间，
我说声：可爱的人间！
我要用双手向人间撒满金子，
用双手向人间撒满银子，
用双手把成群的犴赶到主人旁边，

---

❶ 迟子建.布基兰小站的腊八夜 [J]. 小说月报，2008（9）：4.

第六章 迟子建的满—通古斯文化书写

用双手把成群的鹿赶到主人附近，
用双手把成群的紫貂送到主人手中，
让我的主人得到春天般的温暖幸福。[1]

这首神歌有着浓郁的狩猎文化色彩，充满了对大自然的热爱与追求，以及对美好生活的无限遐想，人们通过祭神、祈拜来实现狩猎丰盈、人畜平安的目的。值得注意的是，神歌中的神将人类作为主人，神的作用是帮助人类得到幸福、平安，更突出了娱人的功能，体现了萨满教的人本主义色彩。

鄂伦春族的春祭是鄂伦春族一年中最为重要的宗教活动，祭祀仪式关系到整个氏族、部落的生存发展、繁衍兴盛，人们通过萨满诵唱的神歌向神灵表达自己的意愿，求其佑护族人一年平安吉顺。由此可见，春祭大典中的神歌对于鄂伦春族人的神圣性是不言而喻的，鄂伦春族人绝不可能在任意时间和任意场合下像流行歌曲一样随意哼唱。因此，《布基兰小站的腊八夜》中的鄂伦春族女猎手顺吉在酒酣之际，边舞边唱这首鄂伦春族萨满在春祭大典时诵唱的《春风神歌》，这种对神灵不敬的行为对于一个信仰萨满教的鄂伦春族人来说是不可能发生的。迟子建应该是为了凸显吉顺的民族性而引入这首神歌，但是其营造的吟唱环境却又忽略了神歌本身的宗教性，从而迟子建对这首神歌的处理值得商榷。

---

[1] 关小云. 鄂伦春族萨满教祭礼与神话的文化意蕴 [C]// 萨满文化辩证——国际萨满学会第七次学术讨论会论文集，2004：422-437.

满—通古斯语族信奉的萨满教，以万物有灵的信仰为其思想观念的基础。萨满教信仰观念认为，人灵魂不死，灵魂永存。从而，在满—通古斯语族的丧葬中，多举行萨满送魂仪式，主持仪式的萨满要诵唱送魂神歌，如赫哲族的一首送魂神歌：

奥任（灵魂），可怜的奥任，

神灵保护着你。

在阔力和神箭的指引下，

把你送到布尼（冥府）。

你就放心地去吧，

不要留恋家里！

你的孩子给你斟酒，

你高高兴兴地喝吧！

喝完了坐上十五条狗拉的拖拉气（雪橇），

顺顺当当地去布尼，

平平安安地去布尼。❶

众所周知，死亡在迟子建小说中是常见的主题，而这种书写在《额尔古纳河右岸》中尤为突出，全文多次描写死亡的场景，伴随这些场景共出现了六首萨满诵唱的送魂神歌。第一首是萨满尼都为心爱女人达玛拉所唱的血河歌，第二首是萨满妮浩为死去的金得诵唱的神歌，第三首至第六首分别是萨满妮浩因为救人而夭折的孩子果

---

❶ 孟慧英.赫哲族的萨满歌[J].黑龙江民族丛刊，1995（3）：72.

第六章 迟子建的满—通古斯文化书写

格力、交库托坎、耶尔尼斯涅和未出世的孩子所唱。在这些送魂神歌里，最能表现出鄂温克族人萨满教的信仰观念和精神实质的是萨满尼都为达玛拉所唱的血河歌。

萨满尼都和弟弟林克都深爱着达玛拉，但是他在与弟弟比赛射箭来决定谁可以娶达玛拉时输掉了比赛，也输掉了与心爱女人结为伴侣的权利。当林克死后，虽然两人苦苦相恋，但是因为哥哥不能娶守寡弟媳的氏族禁忌而不能结合，萨满尼都只能永远凝视心爱女人的背影，看着她日渐枯萎地死去。当达玛拉穿着萨满尼都亲手为她缝制的羽毛裙在儿子的婚礼上跳舞、死在篝火旁后，萨满尼都怕达玛拉渡不过血河而为她唱了一首血河歌：

滔滔血河啊，

请你架起桥来吧，

走到你面前的，

是一个善良的女人！

如果她脚上沾有鲜血，

那么她踏着的，

是自己的鲜血；

如果她心底存有泪水，

那么她收留的，

也是自己的泪水！

如果你们不喜欢一个女人脚上的鲜血和心底的泪水，

而为她竖起一块石头的话,

也请你们让她,

平安地跳过去。

你们要怪罪,

就怪罪我吧!

只要让她到达幸福的彼岸,

哪怕将来让我融化在血河中,

我也不会呜咽! ❶

迟子建巧妙地将鄂温克族的血河神话植入了这首神歌中,血河歌既体现了鄂温克族人的灵魂信仰,又生动地反映了鄂温克族的尚血观念。鄂温克族人认为,人死了是去另一个比现世更幸福的世界,但途中要经过一条很深的血河,这是考验死者生前品德的地方。善者有桥平安渡过;行恶者过时桥就不见了,河中有一块石头,能从石头上跳过去就说明此人有悔改之意,跳不过就掉下去再也出不来了,灵魂就彻底死了。❷ 在萨满教的信仰中,魂寓血中,"魂栖骨中血中,以血荣魂,气领血行,血亏魂虚,血亏气短,气消血亡,血亡魂失"❸。尚血观念萌生于原始先民对生命的崇拜,原始人类在与动物和自然界的斗争中认识到,血即生命,血流尽生命则完结,因

---

❶ 迟子建. 额尔古纳河右岸 [M]. 北京:北京十月文艺出版社,2008:74–75.

❷ 白兰. 狩猎鄂温克族的萨满教 [J]. 内蒙古社会科学(文史哲版),1990(2):49–53.

❸ 富育光. 萨满教与神话 [M]. 沈阳:辽宁大学出版社,1990:89.

为血是灵魂的寓寄之所，因此灵魂如果坠入血河的话，它就会融化在血河里。在萨满祭礼中，鄂伦春族和鄂温克族至今仍保留着以血涂抹神偶的崇血遗风，这种行为在《额尔古纳河右岸》中也有提及。除此之外，血河歌是一首非常凄美的抒情诗，萨满尼都在歌中唱出了自己对达玛拉刻骨铭心的爱，唱出了埋在心底的那份深情、眷恋和执着。从而，血河歌不但具有外在的抒情性，而且内含民族性和宗教性的特征。

相对于萨满尼都的血河歌，萨满妮浩的送魂神歌没有呈现出血河歌那样虔诚的祈求和内涵上的民族性，表现出单一化的特点。萨满妮浩为死去的金得、夭折的孩子果格力及未出世就夭折的孩子唱诵的神歌体现了萨满教的灵魂信仰观念，但是为未出世就夭折的孩子所唱的神歌从内容上看应属于招魂歌而不是送魂歌；为交库托坎、耶尔尼斯涅夭折所唱的神歌则只体现了抒情的特点。我们以萨满妮浩为她那过早凋谢的百合花——交库托坎的夭折而唱的神歌为例：

太阳睡觉去了，

林中没有光明了。

星星还没有出来，

风把树吹得呜呜响了。

我的百合花呀，

秋天还没到来，

你还有那么多美好的夏日，

怎么就让自己的花瓣凋零了呢？

你落了，

太阳也跟着落了，

可你的芳香不落，

月亮还会升起！❶

从上面的讨论可以看出，赫哲族的送魂神歌质朴地表达了请死者勿恋家人旧地，赶快在神灵的陪伴下前往冥府的含义，体现了很强的目的性。迟子建笔下的送神魂歌与赫哲族的送魂神歌相比，虽然有些神歌对萨满教的观念有所体现，但是总体上缺乏后者语言和内容上的民族性、口承文学的质朴性及神歌的功能性，弱化了神歌作为与神灵沟通的纽带作用，表现出强烈的文学性和抒情性。

满—通古斯文化体现了满—通古斯语族在漫长的历史变迁中逐渐形成的精神形态、行为方式和思维习惯。迟子建在进行跨文化创作时，充分意识到自己相对于满—通古斯文化是来自异质文化的他者，虽然自己成长在大兴安岭，对满—通古斯语族的生活习性也很了解，但是民族文化之间固有的隔阂和差异不会因在同一地域生活一段时间而消除，这种内化的精神气韵也不是一个异族者能够简单拥有的。正如郭英剑所指出的那样，"在民族文化中，必有一个本质核心，是无法进入，无法剥夺，无法消解的"❷。

---

❶ 迟子建. 额尔古纳河右岸 [M]. 北京：北京十月文艺出版社，2008：123.

❷ 郭英剑. 赛珍珠评论集 [M]. 桂林：漓江出版社，1998：520.

第六章 迟子建的满—通古斯文化书写

迟子建清醒地认识到进行满—通古斯语族书写时，摆在她面前的难题是如何去掉"他者"的印记，让读者忽略自己是一位来自异质文化的作家。由于从小就生活在大兴安岭，迟子建知道对于满—通古斯语族而言，神话、传说、故事、萨满神歌等口承文学资源是最能反映其民族文化和精神特质的素材，不仅代表着民族的根本，而且象征着民族的精神。因此，迟子建在文学创作中大量地借助满—通古斯语族的口承文学资源来进行跨文化的书写，《额尔古纳河右岸》就是这种创作手法的代表性作品。

迟子建对萨满神歌的书写不同于其他满—通古斯语族的口承文学资源，除一首神歌具有原型资源外，其余的神歌均为迟子建根据书写需要而创作的散文体诗歌。迟子建小说中的萨满神歌，如《伪满洲国》中的招魂歌和《额尔古纳河右岸》中的血河歌，其包含的满—通古斯文化内容十分丰富，语言自然，结构朴素严谨，将满—通古斯文化与艺术创作巧妙地结合起来，除萨满教信仰外，还呈现出一种真诚、深切、朴实的意境。中篇小说《布基兰小站的腊八夜》中的萨满神歌是迟子建小说中唯一有原型资源的神歌，但是这首神歌出现的方式对于一个信仰萨满教的人来说是很难接受的。《额尔古纳河右岸》中的祭熊神歌和其他的送魂神歌，整体呈现出文学性和抒情性，虽然部分体现了萨满教的信仰观念，但是缺少民族性、神歌的功能性和口承文学的质朴性，尤其是部分送魂神歌只体现出用来丰满萨满妮浩人物形象的抒情性。

通过对迟子建小说中萨满神歌的整体性剖析，可以看到这些神歌有别于传统祭祀仪式上的萨满神歌，而且有些神歌还缺乏民族性、功能性和质朴性，但是这也是人物形象塑造和叙述技巧的需要。文学作品毕竟不是文献资料，要求迟子建无任何隔阂地完全浸润到满—通古斯文化中也是不客观的。从萨满神歌折射出的信息可以看到，迟子建的创作触角已经触摸到了满—通古斯语族的精神原乡，体现出了萨满教典型的信仰观念，对萨满神歌的书写无疑增加了作品的丰富性和厚重感，有利于化解他者文化视角的尴尬，这对于一位跨文化书写的作家而言，已经是非常成功的了。

第四节　满—通古斯语族鄂温克族的神话书写

萨满教是满—通古斯语族各民族世代信奉的古老宗教，并在早期的历史发展进程中对其精神信仰、文化习俗、民间文学等方面发挥过巨大的作用。以万物有灵论为哲学体系的萨满教世界观渗透到满—通古斯语族各民族生产生活、道德习俗、文学艺术的各个领域，在民间形成了一系列的神话与传说，并对满—通古斯语族各民族的精神生活产生了深远的影响。神话对于满—通古斯语族，特别是没有本民族文字、人口又十分稀少的鄂温克族、鄂伦春族和赫哲族来讲，它积累、沉淀、包容的传统文化信息相当丰富，不仅仅涉及历史族源问题,而且还通过超越性的叙事语言和象征手法,阐明了这些民族文明初期的原始信仰体系,尤其是他们与自然关系的本质,与自然和平共处的准则及生存繁衍的根基等问题。

在中国当代文学创作领域中,汉族作家对少数民族题材的跨民族书写并不鲜见。但是,如果汉族作家对少数民族题材的把握和处理失当,作品就容易出现问题,既损害了文学的真实性,又伤害了少数民族人民的感情。

近年来,汉族作家以少数族裔为书写题材的文学形态迅速崛起,已形成了一种新型的文学现象,如迟子建的《额尔古纳河右岸》、范稳的《水乳大地》、红柯的《乌尔禾》和冉平的《蒙古往事》同时入围第七届茅盾文学奖。最终,《额尔古纳河右岸》荣获了我国当前长篇小说的最高文学奖项,这标志着汉族作家对少数民族文化的书写已经突破了创作瓶颈,得到了主流意识形态话语和学术批评话语的双重认可。

众所周知,对于跨民族创作,如果作家不能透彻地熟悉和了解所要书写民族的风俗、生活习惯,则绝不可能对该民族的民族意识和民族精神进行深度挖掘,而只能停留于风土人情和地域特色等表层的书写。迟子建的故乡——大兴安岭正是敖鲁古雅鄂温克人与驯鹿相依为命生活的地方,当地特有的自然地理环境及多民族的民风民俗混合形成的人文精神哺育了迟子建,对她的文化心理和审美意识的形成产生了深远的影响,是她文学创作的原动力之一。迟子建在讲述创作《额尔古纳河右岸》这部描述鄂温克族生存现状及百年沧桑的小说时说："我之所以选择了这个题材，是因为我熟悉这个民族的一切。"❶ 因此,《额尔古纳河右岸》之所以能够取得这样的艺术成就，所依靠的绝不单单是迟子建文学创作的特质和能力，还得益于其对鄂温克族历史和文化的理解。

迟子建深知鄂温克族是一个以"听觉文化"为特征的民族，伴随鄂温克族从远古一路走来的部族神话、故事、传说是鄂温克族以独特形式表达群体意识的"隐形文本"，其旨在阐释鄂温克族的精神世界，使鄂温克族更具凝聚力与民族意识。迟子建把握了神话对鄂温克族人的精神滋养和鼓舞作用，从而在《额尔古纳河右岸》叙述中引入了大量的鄂温克族神话，成功地运用神话推动了小说的情节发展。可以说，神话在《额尔古纳河右岸》中的作用是不言而喻的，如果将其作为一个主题进行专门探讨，从文学角度借助鄂温克族神话的原型资源来解读其蕴含的文化源码，那么就可以在读者面前慢慢展开一幅承载鄂温克族精神原乡的隐形画卷。

在《额尔古纳河右岸》中，迟子建主要采借和创构了部落起源神话和自然神话两种神话。部落起源神话在《额尔古纳河右岸》中的叙述是："在勒拿河的上游，有一个拉穆湖，也就是贝加尔湖。有八条大河注入湖中，湖水也是碧蓝的。拉穆湖中生长着许多碧绿的水草，太阳离湖水很近，湖面上终年漂浮着阳光，以及粉的和白的

---

❶ 王薇薇，迟子建. 为生命的感受去写作——迟子建访谈录 [J]. 作品，2007（8）: 4.

荷花。拉穆湖周围，是挺拔的高山，我们的祖先，一个梳着长辫子的鄂温克人，就居住在那里。"❶ 这段拉穆湖传说是迟子建对一篇鄂温克族神话的改写，其原型是鄂温克人中流传的人与蛇繁衍部落的神话，故事情节为："在一条大河附近有一个大湖，大湖的日出方向有个河口。河口水深，里面住着大蛇。蛇是天上来的，15 尺长，有两只犄角。在湖岸上，大蛇遇上留辫子的人，怀了孕，生了儿女，儿女生儿女，繁衍为索伦人。大蛇对儿女极好，但他不跟他们说话，只跟萨满说话。"❷

索伦人就是鄂温克族。在我国，鄂温克族 1958 年从历史上的多种他称"索伦""通古斯""雅库特"，统一为现今的"鄂温克族"。❸ 从这篇神话中我们可以看到，鄂温克族是来自天上的大蛇和留辫子的人的后代，这是典型的"人兽结合说"，神话中的蛇不再是冷血的动物，而是神性、人性、动物性兼而有之的半人半蛇，与人类具有了某种血缘关系。鄂温克族认为与这种超自然的动物蛇繁衍的后代一定具有超人的神力，这显而易见受萨满文化中动物崇拜的影响，表达了远古的鄂温克族先祖对蛇的崇拜。

鄂温克族先民由于生产力水平低下和科学知识有限，对各种自然现象不能够进行科学的解释，认为它们是各种主宰的神灵，从而

---

❶ 迟子建. 额尔古纳河右岸 [M]. 北京：北京十月文艺出版社，2008：11.
❷ 乌云达赉. 鄂温克族族源 [M]. 呼和浩特：内蒙古大学出版社，1998：68.
❸ 汪立珍. 鄂温克族神话研究 [D]. 北京：中央民族大学，2003：10.

把自然万物人格化和神格化，赋予它们超自然的力量，并加以崇拜和祈祷，乞求这些神灵的佑护，从而衍生出丰富的自然神话。按照鄂温克族自然神话解释的内容，可以分为天神神话、树木神话、火神话、动物神话四类。在这些神话中，最突出的特点是这些自然神灵被极端地人格化，具有了明显的人类心理和行为特征。在《额尔古纳河右岸》中，迟子建对这四种自然神话都有不同程度的叙述。

天神神话在《额尔古纳河右岸》中的叙述是"说熊的前世是人，只因犯了罪，上天才让它变成兽，用四条腿走路。不过有的时候，它仍能做出人的样子，直着身子走路"❶。

这篇神话的原型是敖鲁古雅鄂温克族人一则天神把人变成熊的古老神话："熊原本是人，爪子上有拇指和虎口，所以会用手抓东西，扔石头。天神让熊跟人比力气，叫他们搬石头，人怎么也搬不动，熊轻轻一举就扔出去好远。一天，熊操棍棒打死了人，天神一怒之下，把熊前爪子的拇指砍掉了，并罚它不得直立，在地下四腿爬，这样，熊就变成兽。"❷

这则神话记录了鄂温克族先民思考、解释人间万物起源的思维方式和智力发展历程，并表现出了鄂温克族先民的天神崇拜观念。

---

❶ 迟子建.额尔古纳河右岸[M].北京：北京十月文艺出版社，2008：60.
❷ 内蒙古自治区编辑组.鄂温克族社会历史调查[M].呼和浩特：内蒙古人民出版社，1986：167.

第六章 迟子建的满—通古斯文化书写

天神崇拜脱胎于鄂温克族最原始的拜天观，属于自然崇拜的初级阶段。当天神崇拜发展到一定阶段后，天神由单纯的自然神逐渐升格为主宰万物的神灵，身兼鄂温克族的创世神和保护神的双重身份，人间万物的生老病死、旦夕祸福都掌控在天神的手中。天神是正义和权力的象征，遇到不合理的事情能够惩恶扬善。正像神话中所讲的那样，天神主持正义，将犯错的熊由人变成了兽。

树木神话在《额尔古纳河右岸》中的叙述是：

传说在很久以前，有一个酋长带着全部落的人去围猎。他们听见一座大山里传出野兽发出的各色叫声，就把这座山包围了。那时天色已晚，酋长就让大家原地住下来。第二天，人们在酋长的率领下缩小了包围圈，一天很快又过去了，到了黄昏休息时，酋长问部落的人，让他们估计一下围猎了几种野兽？这些野兽的数量又是多少？没人敢对酋长的话做出回答。因为预测山中围了多少野兽，就跟预测一条河里会游着多少条鱼一样，怎么能说得准呢？正在大家都默不作声的时候，有一个慈眉善目的白胡子老人开口说话了，他不仅说出了山中围猎的野兽的数目，还为它们分了类，鹿有多少只，狍子和兔子有多少只，等等。等到第二天围猎结束，酋长亲自带领人去清点所打的野兽的数目，果然与那老人说的一模一样！酋长觉得老人非同寻常，打算问他点什么，就去找老人。明明看见他刚才还坐在树下的，可现在却无影无踪了。酋长很惊异，就派人四处寻找，仍然没有找到他。酋长认为老人一定是山神，主宰着一切野兽，

于是就在老人坐过的那棵大树上刻上了他的头像，也就是"白那查"山神。❶

这篇神话的原型是鄂温克族神话《山神白那查》。这则神话讲："很多年以前，一伙打猎的鄂温克族在山林里围猎，围猎前大伙坐在一起猜测这次打猎能够打到多少猎物，在座的人谁也说不出来。就在这时候，从树林里走出一位身穿狍皮袄，眼眉、胡子都很长的老头。他说：'这有啥难的，我知道。一共围住了44只鹿，33只狍子，还有两只熊。'过了两天，猎手们把猎获的动物放到一起，不多不少，正好和那老头说的一样，连一条腿都不差。大伙吃惊了，再找那老头，早已无影无踪。大伙都说，那老头一定是这座山林里的神灵'白那查'。从此以后，猎人们上山打猎就在山上找一棵大树，在树上画一个白胡子老头的面像，然后用各种兽肉祭祀这棵大树，把这棵大树奉为山神，乞求山神保佑猎人打到猎物。"❷

这则神话反映了鄂温克族人的树木崇拜。鄂温克族先民对他们赖以生存的茂密森林、树木产生超越自然的执迷信仰与特殊的情怀，他们将树木人格化和神灵化，认为山神"白那查"的灵魂附着在古老、粗大、树枝繁茂的树木上。"白那查"超越了树木本身，拥有了超自然的生命力，是具有神性和人性的山林之神，掌管着山林中的野兽和猎人的命运。鄂温克族对山神"白那查"非常尊重，他们

---

❶ 迟子建.额尔古纳河右岸[M].北京：北京十月文艺出版社，2008：32.
❷ 王士媛，马名超，白衫.鄂温克族民间故事[M].上海：上海文艺出版社，1989：29.

上山打猎时，首先选一棵粗大的白桦树或松树，割去向阳面的树皮，在树干上画出"白那查"的形象后，对其祭拜，祈祷山神保佑猎人行猎安全和多打猎物。在鄂温克族的信仰观念中，把树木神灵化、人格化为山神后，人们在山林中的行为活动也随之产生了很多的禁忌，任何对树木的不尊重行为，都是对山神"白那查"的极大亵渎，是会受到神灵的责罚的。

火神神话在《额尔古纳河右岸》中的叙述是：

很久以前，有一个猎人，他在森林中奔波了一日，见着很多动物，可一个也没打着，所有的猎物都从他眼皮底下逃脱了，心里很生气。夜晚归家时，他愁眉苦脸的。他点着火，听着柴火燃烧得"劈啪劈啪"地响，就好像谁在嘲笑他似的。他就赌气地拿起一把刀，把旺盛的火给刺灭了。第二天早晨，他睡醒后起来点火，却怎么也点不着。猎人没有喝上热水，也没能做早饭，他又出门打猎了。然而这一天仍是一无所获，他回去后再一次点火，也仍然是点不着。他觉得奇怪，就在饥饿和寒冷中度过了又一个长夜。猎人连续两天没有吃到东西，也没有烤过火了。第三天，他又去山上打猎，忽然听见了一阵悲伤的哭声。他寻着声音走过去，见是一个老女人，靠着一棵干枯的漆黑的树，正蒙着脸哭泣。猎人问她为什么哭？她说自己的脸被人用刀子给刺伤了，疼痛难忍。她放下手来，猎人看见了她那张血肉模糊的脸，知道自己冒犯了火神，就跪下来，乞求火神饶恕他，发誓从今以后，要永远敬奉她。等他磕完头起身的时候，那老女人已不见了。而刚才老女人倚着的那棵枯树上,则站着一只花花绿绿的山鸡。他拉弓射箭,打中了它。猎人提着山鸡回到驻地后,发现那团已经熄灭了三天的火自己燃烧起来了。猎人跪在火旁,哭了。❶

这篇神话的原型有两个,分别是鄂温克族的《灶火神话》和《火母女神神话》,迟子建在《额尔古纳河右岸》中将这两则神话融合在一起形成了一篇新的神话。《灶火神话》讲:"很早以前,有一个猎人打一天猎什么也没打着,晚上回家烧火时,火迸裂出声,鄂温克人认为火发出声音是不吉祥的预兆。因此,猎人很生气地拿出猎刀,捣灭火。第二天早晨生火时,怎么也生不着,猎人冻死了。"❷《火母女神神话》讲:"从前有个小孩的脚被火烫坏了,他的母亲知道后非常生气,就用水把火浇灭了。于是,他们家从此再也点不着火。后来,他们搬到别处去,可是仍然点不着火。他们只好又搬回原来的驻地,他们没想到,在他们房子旁边燃烧着一堆熊熊篝火,篝火旁边坐着一位老太婆,脸上都是血,双眼什么也看不见。这时,小孩的母亲才明白,这是火母女神,是自己用水浇伤了她,火母发怒惩罚他们。于是,她跪在火母旁边,乞求火母宽恕、原谅他们,火母看他们虔诚的态度,就饶恕了他们,从此他们家又能点燃火。"❸

关于火神的神话反映了鄂温克族人对火的崇拜。随着对火的重

---

❶ 迟子建. 额尔古纳河右岸 [M]. 北京:北京十月文艺出版社,2008:23.
❷ 王士媛,马名超,白衫. 鄂温克族民间故事 [M]. 上海:上海文艺出版社,1989:237.
❸ 汪立珍. 鄂温克族神话研究 [D]. 北京:中央民族大学,200:60.

要性及依赖性不断增强，鄂温克族先民将他们创造的司火者逐渐神化，火神便由单纯的自然神发展为具有人类情感性格的人格神。火神在鄂温克族的心目中是神圣不可侵犯的，火神保护火种的延续，在鄂温克族人的观念里，火种代表着子孙后代的不绝繁衍。因此，火神被鄂温克族人倍加小心地敬重与奉养，并形成了种种禁忌，通行于鄂温克族的日常生活中。

在《额尔古纳河右岸》中共出现两则动物神话，分别是鹿神话和狐神话。鹿神话是：

很久以前，有个猎人在森林中遇见一只鹿，他射了两箭，都没有击中要害。那鹿流着血，边走边逃。猎人就循着血迹追踪它。想着它已受重伤，血流尽了，自然也就走不动了。然而追着追着，猎人发现血迹消失了，鹿顺利地逃脱了。原来这是只神鹿，它边逃边用身下的草为自己治疗伤口。猎人采到了那种能止血的草，它就是"鹿食草"。❶

这则神话的原型是鄂伦春族常用的止血药——鹿食草传说，其情节与《额尔古纳河右岸》中叙述一致，基本没有变化。

狐神话是：

多年以后，在伊万的葬礼上，当我们看着那两个突然出现的、自称是伊万干女儿的姑娘而猜测着她们的来历的时候，已经老眼昏花的依芙琳对我们说，这对浑身素白的姑娘，一定是当年伊万在山

---

❶ 迟子建. 额尔古纳河右岸 [M]. 北京：北京十月文艺出版社，2008：69.

中放过的那对白狐狸。我们氏族的人,都听过伊万在深山中放过了一对白狐狸的故事。据说伊万年轻的时候有一次独自出猎,他走了整整一天,也没发现一个动物。黄昏的时候,他突然发现从山洞里跑出两只雪白的狐狸,伊万非常激动,他举起枪,正要冲它们开枪的时候,狐狸开口说话了。狐狸给他作着揖,说:"伊万,我们知道你好枪法啊!"伊万一听它们说出的是人话,便明白那是两只得道成仙的狐狸,就给它们跪下,放过了它们。❶

  这则神话的原型不是来源于鄂温克族神话。在谈到《额尔古纳河右岸》的创作时迟子建说:"就是老人们讲给我的,他们说那是一个真实的故事。当地有个无儿无女的猎人,有一次进山打猎,忽然看见一只怀孕的狐狸。猎人很高兴,因为狐狸的皮毛很值钱。猎人举起枪,朝狐狸瞄准。然而未等他扣动扳机,狐狸却像人一样站直了,它抱着两只前爪,给猎人作个揖,叫着猎人的名字,说,某某某,我知道你好枪法啊!狐狸作揖已让猎人手软了,再加上它说的那句话,更是让他心惊胆战,猎人知道自己遇到了得道成仙的狐狸,连忙放下猎枪,跪下。狐狸转身朝密林深处去了。猎人回到家,把他的奇遇说给左邻右舍的人听,从此他放下猎枪,以种地为生了。猎人变成农夫后,日子过得很安闲,他一天天老了。终于有一天,他平静地过世了。那天,忽然来了一对如花似玉的姑娘,它们一身素白,为他吊孝。当地人都不认得她们。她们为农夫守灵,直到把他

---

❶ 迟子建.额尔古纳河右岸[M].北京:北京十月文艺出版社,2008:108.

送到墓地。农夫入土后,那两个女孩突然间无影无踪了。村里人这才反应过来,那对女孩,一定是当年猎人放过的有身孕的狐狸的孩子,它们为老人送终,以报答猎人当年的不杀之恩。"❶迟子建笔下的这则狐神话是"以儒家思想为基础,融合了佛教的轮回果报思想、道教的神仙法术思想和古代先民的神性意识,蕴含着丰富的中国传统文化内涵,因此是典型的汉族神话"❷。

《额尔古纳河右岸》中的鹿神话和狐神话是迟子建借用鄂伦春族神话和汉族神话经过艺术加工而成的,除了情节叙述的需要外,其主要目的是要将鄂温克族人对动物崇拜的真实和神圣表现得淋漓尽致。除动物神话中的鹿神话和狐神话是借用鄂伦春族神话和汉族神话而成以外,其余神话的原型均取自鄂温克族神话。迟子建在《额尔古纳河右岸》中借助鄂温克族神话原型重构故事,铺排叙事,巧妙地推动了故事情节的发展,使人物形象更加真实丰满,以神话来阐释鄂温克族人的精神世界,彰显了鄂温克族神话的精神内核,从全新的视角表现了这个民族对民族文化的顽强固守。

迟子建将文学创作和鄂温克族神话所要揭示的民族意识和精神世界有机地结合起来,提倡从鄂温克族在现代化与城市化进程中不断进行抗争和抵抗的现实中进行反思,以启迪未来。从迟子建的叙述中我们能够清晰地看到,鄂温克族神话蕴含着鄂温克族人的万物

---

❶ 迟子建.迟子建散文[M].北京:人民文学出版社,2008:165.
❷ 刘春玲.迟子建小说中狐仙神话的跨文化探源[J].大连大学学报,2011,32(1):54.

有灵观念和自然崇拜等丰富多彩的精神文化,神话叙事指向了鄂温克族人心灵,体现了鄂温克族原始质朴的潜意识和情感,折射出鄂温克族遵循的人类应与环境和谐共生的生态哲学思想。

第五节 满—通古斯语族民族史的诗化书写

《额尔古纳河右岸》这部小说文化内涵极为丰富。在选题设计上,作者选取了少数民族的题材,而且在文化地理层面又选取了边界附近的额尔古纳河右岸,涉及边疆历史文化题材,作品的整个脉络围绕渔猎的原始生活在现代文明的冲击下的解体过程,在一定程度上反映了民间朴素的生态意识。其多维度的焦点表面上聚焦于部落的生活、萨满的悲歌、社会变迁的历史,但作者在展示这些文化符号的同时,能够引起读者对自然情感、生命力、生命意识的强烈共鸣,这种共鸣正是满—通古斯文化在中国东北现当代文学作品中的一种精神书写。

《额尔古纳河右岸》主要围绕大兴安岭腹地鄂温克部落末代酋长的妻子的回忆展开叙事,记录了生存在东北边疆鄂温克族的百年兴衰,展现了现代文明与原始文明间的冲突,编织出原始文明的一曲挽歌。小说中"萨满"的事迹,夹杂着生命力和神秘感贯穿作品,"萨满"承载着传达上天意旨、显示万物有灵的神迹、协调天人关系、

第六章 迟子建的满—通古斯文化书写

医治肉体和精神、拯救族群危难的神圣职责，在原始的生产关系中，"萨满"成为传统的鄂温克族社会文化的中心。

《额尔古纳河右岸》的主基调是白色的，之所以这样认为，是因为小说所叙述的环境多与冰雪、寒冷有关。白色的驯鹿和纯洁的童心、朴素的乌力楞社会生活，呈现出强烈的自然生态观，这些意识指向的是人与自然交融的生存意识。这种生存意识在作品中主要反映出一种动物崇拜及其衍生出的图腾崇拜。例如，小说开头直接交代了鄂温克族人对熊的"图腾崇拜"，吃熊的时候要像乌鸦一样"呀呀呀"地叫上一刻，想让熊的魂灵知道，不是人要吃它们的肉，而是乌鸦。这体现了鄂温克族人对熊的灵魂的敬畏，"迟子建在书中对猎熊这一环节有着形象又生动的描写，包括如何猎熊，猎到熊后，氏族人如何分配，举行什么样的仪式等"[1]。作品详尽的描述，显然给读者在认知中提供了一个重要的信息，那就是鄂温克族人对熊这种动物的态度已经超越了单纯的动物崇拜范畴。"图腾崇拜，是随着氏族制度的发展而形成的。那时人们不理解人类的起源，认为某种特定的动物与他们的氏族有着血缘联系，视作自己的'祖先'，或者认为某种动物曾营救或保护过自己的氏族，因而对它加以崇拜。"[2]岑家梧先生的《图腾艺术史》中所述图腾制的特征，我们简要地归

---

[1] 李颖.俄罗斯斯拉夫文化与鄂温克文化关系研究——以《额尔古纳河右岸》为研究对象[J].满语研究，2017（2）：138.
[2] 满都尔图.中国北方民族的萨满教[J].社会科学辑刊，1981（2）：91.

纳为六点："（1）共同生产，共同图腾；（2）以图腾为集团祖先；（3）相同图腾不通婚；（4）日常生活器物及身体装饰要有图腾体现；（5）禁止宰杀及伤害图腾动植物；（6）对图腾集团起源的种种神话阐释等。"❶一些学者以此作为参照，形成鄂温克民族熊图腾崇拜的共识，可见鄂温克族对熊的情愫所在。这一现象学界基本上有如下的认识：第一，熊与人类有相通的生存空间，相遇成为可能；第二，熊发怒时力大无比，人不可敌；第三，熊具备着某些人的特征。❷通过上述分析，我们能够发现鄂温克族人在森林生活中回避不了熊这种动物，熊的凶悍，让人畏惧，熊的一些性情与人相似，特别是一些姿态与行为，很容易让在森林中居住的鄂温克族人把熊与祖先崇拜联系起来，使熊成为一种人格化的动物神灵，成为鄂温克族社会所崇拜的图腾。熊图腾的文化基因，基于日常生活经验的反思，逐渐地化为文学中的神话原型，"在鄂温克族民间流传的以熊为母题的神话中，熊有时被描绘成机智、勇敢的猎人或人类的亲族，有时却刻画成异常残暴、凶恶而无情的人类天敌"❸。

正如前文所述，按照岑家梧先生归纳的图腾制特征理论，鄂温克族人的熊图腾崇拜并不能完全与这套理论相匹配，这也说明了图腾崇拜受到特定时空环境的制约，形成各自的特点。有观点认为，

---

❶ 宁昶英. 图腾的忏悔——论鄂温克人的猎熊、祭熊仪式 [J]. 社会科学辑刊，1992（2）：106–112.

❷ 龚宇. 使鹿鄂温克人的精神崇拜分析 [J]. 呼伦贝尔学院学报，2017，25（4）：16–19.

❸ 汪立珍. 论鄂温克族熊图腾神话 [J]. 民族文学研究，2001（1）：74.

第六章 迟子建的满—通古斯文化书写

鄂温克族人对于将熊作为本民族图腾崇拜的表现方式，不同于其他北方少数民族，没有崇拜对象的标记和图腾象征物。通过分析相关的文学作品和文献资料，发现鄂温克族人的熊图腾崇拜主要表现在称呼、禁忌和风葬仪式等方面，这说明鄂温克族人的熊图腾崇拜与图腾定义相关的特征具有一定差异。鄂温克族人的祖先对熊有着极其尊贵的称呼，一般是以直系血亲的高级长辈称呼的，如称公熊为"合克"（曾祖父），称母熊为"额沃"（祖母），将图腾崇拜与祖先崇拜结合起来，这在《额尔古纳河右岸》中也有大量的描写。小说中关于熊的图腾禁忌，既是一种敬畏的心理，也是一种朴素的生态意识，这和鄂温克族社会的生产生活方式也有着密切的关联。人们避讳对熊进行杀戮的猎枪、刀等凶器，对因食用而猎熊的事也要从话语中加以晦饰，这体现了一种生存窘迫条件下图腾信仰与现实生活的矛盾及其化解方式。这也是一种对传统的实际突破与精神弥补。这与萨满教兴起有着密切的联系，是萨满教的多神崇拜与萨满神权对图腾崇拜的消解，形成了鄂温克族社会既敬畏熊，又猎熊的矛盾现象。"十五世纪之后，以萨满为核心的萨满教开始兴起，图腾观念逐渐淡薄，鄂温克人慢慢开始猎熊，并逐渐把熊肉作为肉食来源的一部分。在漫长的狩猎岁月里，产生了从猎熊、食熊到为熊实行风葬的一套烦琐、复杂而庄重的仪式。"❶ 猎熊后，需要注意开剥之前，先要由老年人验看是公的还是母的。开剥时，要把熊的下半身遮盖一下，以

---

❶ 龚宇. 使鹿鄂温克人的精神崇拜分析 [J]. 呼伦贝尔学院学报，2017，25（4）：16.

免让年轻人看见生殖器。若是公熊，先要将其睾丸割下来挂在树上。动脉血管不得割断，血液定要挤回心脏。熊头、五脏等则要留下，准备风葬。

　　食用和安葬按照图腾崇拜与灵魂崇拜的理念进行，内脏等部分不能食用，除熊以外，起初犴、鹿内脏也是禁食的。这里面既有宗教禁忌成分，也存在着一定朴素的卫生保健内涵。另外，从熊图腾神话的各项禁忌中还可以看出，对于女性方面的禁忌十分严格，例如，女性在月经期、妊娠期、初产期等特殊日子里必须跟准备去猎熊的丈夫分开居住，更不允许用手触摸猎具、马匹，甚至不能在丈夫居住的地方来回走动。这充分体现了鄂温克族社会发展的阶段性，带有显著的父系氏族社会特征。同时，小说中也有许多母系氏族的特征，如尼浩萨满，她是女性萨满，熊祖母的歌谣，带有母系氏族社会的印记等。熊图腾体现着家族、氏族乃至民族的世系，呈现出文化地理学上的种族相似性，进而形成诸多神话原型，成为文学传播交流的重要文化媒介。这种神话原型的起源在于一种文化心理，即恐惧和感激之情交织在一起，使他们对动物产生了神圣之感、崇拜心理，由此产生了许多关于虎、熊等动物的神话，具有极其浓厚的神秘色彩。对于满—通古斯语族来说，同源、同语系、相似的生产生活环境形成了一系列的文化相似性，这种相似性在图腾、宗教信仰等方面表现突出，形成文化共鸣现象，推动了文化的传播，并在传播过程中出现了下列原型故事：人熊结合的民族起源神话（鄂温克族）；

第六章 迟子建的满—通古斯文化书写

熊变人的神话（朝鲜族《檀君神话》与印第安相关神话有相似性）❶；懒人变熊神话（赫哲族）。

除了熊图腾之外，《额尔古纳河右岸》中最为显著的是驯鹿的图腾崇拜，这也是"万物有灵"的信仰在日常生活中的体现，由此产生了一系列的禁忌。作者的童年记忆与尼都萨满的巫术仪式有着密切的关联，"我的记忆开始于尼都萨满那次为列娜跳神取'乌麦'，一头驯鹿仔代替列娜去了黑暗的世界了。所以我对驯鹿的最早记忆，也是从这头死去的驯鹿仔开始的"。"那只灰色的母鹿不见了自己的鹿仔，它一直低头望着曾拴着鹿仔的树根，眼里充满了哀伤。从那以后，原本奶汁最旺盛的它就枯竭了。直到后来列娜追寻着它的鹿仔也去了那个黑暗的世界，它的奶汁才又泉水一样涌流而出了。"❷这是小说中人物的主观视角叙述下的一种神秘的情感体验。为了进一步与读者沟通，让这种神秘的体验融入并消解在民族史诗中，作品回溯了鄂温克族祖先在勒拿河时代放养驯鹿的历史，向读者介绍了驯鹿的样子特征，并通过汉族人的称呼"四不像"来让更多的读者认知民族图腾之一——驯鹿图腾。"驯鹿一定是神赐予我们的，没有它们，就没有我们。"作品不仅在向读者交代驯鹿对鄂温克族人物质生活的作用，而且还要交代驯鹿的习性、品格对鄂温克族人的精

---

❶ 满都呼. 论蒙古与通古斯熊传说的有关习俗内涵 [J]. 满语研究，2001（1）：96-102.
❷ 迟子建. 额尔古纳河右岸 [M]. 北京：人民文学出版社，2010：16. 本节写作时参考的版本为 2010 年人民文学出版社版本。

神影响，深入地揭示了鄂温克族人对驯鹿崇拜的真谛，驯鹿由此成为民族图腾一部分。"我们是很崇敬火神的。从我记事的时候起，营地的火就没有熄灭过。搬迁的时候，走在最前面的白色公驯鹿驮载的是玛鲁神，那头驯鹿也被称作'玛鲁王'，平素是不能随意役使和骑乘的。其后跟着的驯鹿驮载的就是火种。"❶驯鹿身上的品性也在民族品格中得到继承，即母爱和在恶劣环境中的生存意志等。"驯鹿鄂温克人对大自然的依赖、崇拜、恐惧及深刻而独特的认识，孕育了萨满教这一古朴的观念意识。"❷

毋庸置疑，《额尔古纳河右岸》是一本民族志小说，记忆的碎片如同枝叶一般，而统辖枝叶的则是一种文化，这种文化呈现的是原生态，这就是萨满文化。前文介绍的图腾文化和萨满文化、动物崇拜、自然崇拜之间既有区别也存在着联系。在这种复杂的文化生态系统中，厘清主干，则找到了解开作品内涵的密码。小说中，尼都萨满孤独与神秘，在作品中是通过儿童视角展现的，"我想那狍皮口袋供的神一定是女神，不然他怎么会不要女人呢？我觉得尼都萨满跟女神在一起也没什么，只不过他们生不出小孩子来，有点让人遗憾"❸。"萨满"文化的演绎者，就是"萨满"，小说中的鄂温克族

---

❶ 迟子建. 额尔古纳河右岸 [M]. 北京：人民文学出版社，2010：29–30.

❷ 卡丽娜. 驯鹿鄂温克人的萨满教文化 [J]. 中央民族大学学报（哲学社会科学版），2007（2）：76–80.

❸ 同❶：9.

"萨满教"是一种原生形态"萨满教"❶，这种"萨满教"既存在"万物有灵"的理念，同时也具有"动物崇拜"的痕迹，既是"祖先崇拜"，也是"图腾崇拜"与"祖先崇拜"的有机结合，这一切都统辖在"萨满"身上。"萨满"体现了民族信仰的凝聚力，是沟通天地人三界的中介，它的法力是氏族社会的权威，是氏族社会运行的标尺。学界认为萨满的主要功能是建构在宗教活动基础上的"祭神驱鬼""祈祷收获"，在鄂温克族社会中萨满作法要以"白色驯鹿为祭品，没有白色驯鹿时，可以以犴、鹿为牺牲对'舍卧克'神和'玛鲁'神献祭"❷。鄂温克族社会的"萨满教"十分重视灵魂的作用，比如当人生病时，会被认为是灵魂离开了肉体，要通过招魂仪式，去寻找人的"乌麦"（灵魂）。关于"萨满"活动和萨满的地位问题，有学者认为，"萨满是'乌力楞'普通成员，从事萨满活动不过是一种社会责任，同样是自食其力的劳动者，不收取任何报酬"❸。在《额尔古纳河右岸》这部作品中，我们读出更多的是萨满的社会责任，但我们看到萨满神秘、神圣一面的时候，也会发现萨满人性的一面，如尼都萨满对达玛拉的情感，尼浩萨满为了救人做出牺牲后，失去孩子的伤感，虽然通俗，但却感人。而且，尽管萨满教未赋予

---

❶ 在中国东北地区汉族的某些动物崇拜影响了满族，并与萨满教合流，产生了次生形态的萨满教，以与蒙古族、达斡尔族、鄂温克族等原生态"萨满教"相区别。

❷ 龚宇.使鹿鄂温克人的精神崇拜分析[J].呼伦贝尔学院学报，2017，25（4）：16.

❸ 宁昶英.图腾的忏悔——论鄂温克人的猎熊、祭熊仪式[J].社会科学辑刊，1992（2）：106.

"萨满"一些特权，只是赋予了"萨满"活动的社会责任，但是正是这种社会责任，让萨满得到整个鄂温克氏族社会的信任和依赖，无论是搬迁还是应对危机，无论婚丧嫁娶，这些都离不开萨满的身影。从社会发展学说来分析，鄂温克氏族部落虽然出现了结构变化，但没有出现较强的阶级分化。"我要到尼都萨满那里去，我知道，一旦猎了熊或堪达罕，他就会祭玛鲁神。"❶萨满的通灵性，使萨满能与万物的灵魂进行沟通，萨满的神囊中具备着与氏族社会息息相关的各路神灵的偶像代表，"鄂温克人崇拜的祖先神称'玛鲁'，'玛鲁'并不是一个神，而是在一个圆皮口袋中装着的各种神灵形象的总称。其中有12种东西，最主要的是'舍卧刻'"❷。"舍卧克"所指的是一种蛇，"舍卧克神不与人类说话，却能与萨满通话，体现了其作为神的神圣性和神秘感，也隐喻了蛇与萨满的特殊关系。"❸"萨满"是部落的一种精神寄托，同时也是部落的守护者，能够沟通诸多保护神，维护部落的利益；萨满具备着先知的预见性和神灵的超能力，在他们身上有悲天悯人的情怀，也有敢于担当的责任感，尼都萨满为了保护部落尊严甘愿牺牲的精神，演绎了部落的悲壮史诗。

《额尔古纳河右岸》的鄂温克民族文化书写中，"萨满文化"是

---

❶ 迟子建. 额尔古纳河右岸 [M]. 北京：人民文学出版社，2010：43.
❷ 张丽梅，张燕. 东北狩猎民族的精神文化——萨满教 [J]. 吉林师范学院学报，1997（4）：27.
❸ 伊兰琪. 鄂温克族蛇图腾文化的变迁 [J]. 呼伦贝尔学院学报，2018（4）：1.

重心，因为这种文化根植于鄂温克族社会基层组织、宗教信仰、生产方式中，是一种原生态文化，这种文化具有顽强的生命力，同时也夹杂着神秘色彩和民间文学的诸多鲜活因子，是中国东北文学的创作土壤，诸多的神话原型通过现代性的创造转化，形成东北现当代文学的艺术特色，是中国现当代文学百花园中的一大特色。

除了萨满文化的诗学演绎外，《额尔古纳河右岸》另一个特点是民族叙述的女性视角，在女性身上那种因母爱所延伸的悲天悯人的情怀，以及平日里社会分工影响下对生活的细腻体验都注入作品的叙事中。女性视角下，故事情节细腻，而且主题下的各种分支故事均能循序渐进地展开。她们所关心的不是跌宕起伏的大事件，而是一些生活中的小事件，作品的成功之处在于将大历史作为背景，以小的生活空间的变迁去演绎历史，故事因为细腻而扣人心弦，作品因为融入了真情而让人感到震撼。

《额尔古纳河右岸》里充满了母爱元素，母爱不是脆弱，而是一种舐犊情深和同情。列娜的意外离世消息传到了乌力楞，让母亲达玛拉晕厥，让依芙琳泪流满面、玛利亚捶胸顿足，娜杰什卡划着十字的手停在了胸前。这种伤痛弥漫到整个部落，没有谁是旁观者，这就是由母爱引发的悲天悯人情怀所在。正是这种情怀，发展为对待动物与陌生人的那种仁慈，将人道主义演绎给读者。例如，作品中叙述者"我"随丈夫打猎看到水狗和它的一窝幼仔之后，动了恻隐之心，阻止了丈夫对水狗的猎杀，不久"我"怀孕了，并认为这和水狗有关，于是从此不再猎杀水狗，这是"我"所创造的一种传说与禁忌，充分体现了母爱的一种延伸。

这种由母爱衍生出的悲天悯人情怀，彰显着一种大爱无疆。为了拯救汉族人何宝林的儿子，尼浩萨满失去了自己的儿子。作品中介绍妮浩可以选择不去作法救治那个孩子，但她说，我是萨满，怎么能见死不救呢？最后，妮浩亲手缝了一个白布口袋，把果格力扔在向阳的山坡上了。她在那里为果格力唱着最后的歌谣："孩子呀，孩子，你千万不要到地层中去呀，那里没有阳光，是那么的寒冷。孩子呀，孩子，你要去就到天上去呀，那里有光明，和闪亮的银河，让你饲养着神鹿。"这是一曲充满母爱的无奈挽歌。小说中女性萨满的出现，体现出一种男女地位的基本平等，在这样的文化基础上，女性视角叙事更能显示出一种全面深刻的洞察，从另一个侧面展现了鄂温克民族的生活经验和历史。

伊芙琳在作品中似乎是一位充满偏见、行为诡异、口无遮拦、十分八卦的"怪女人"，就是这样一位女性，在文本中充当着民族志的口述者身份。她比较擅长讲故事，身上带有原始的野性，通过她的口述，我们了解到驯鹿鄂温克祖先的一些历史，以及额尔古纳河流域的风土人情。作品中的民族志色彩最开始是通过她惟妙惟肖的描述展开的。

我们说，伊芙琳的故事是鄂温克族的历史。从拉穆湖传说中，我们可以了解到"亚库特"人的祖先生活在贝加尔湖勒拿河一带。

第六章 迟子建的满—通古斯文化书写

这和尼都萨满掌握的民族传说有点出入，但有一个共性就是，鄂温克族先民曾经在额尔古纳河左岸生活过，他们受当时沙皇俄国迫害被迫迁徙。通过伊芙琳的叙述，俄国人与鄂温克各部落之间交往频繁，主要是一些物品交换，因此部落里的人一般会说一些简单的俄语，而俄国商人也能听懂鄂温克语。伊芙琳对部落的一些琐事也"如数家珍"，这就是她的"八卦"气质，作品中的"我"对长辈的一些事迹基本上都是通过伊芙琳了解的。

文本中"我"是主要的叙述者，伊芙琳则是一个辅助的叙事者，她的存在让作品的民族志叙事更有层次感和逻辑性。文本叙事按照清晨、正午、黄昏、半个月亮等自然时间顺序记录着民族的变迁史，呈现出女性视角叙事的感性化，这种感性化主要以叙述者的主观感受为基础，以"我"所认知的大部落的大事件为直接叙述的基础，而历史中的大事件则为时代的背景与自然时间相匹配，呈现出一个深居山林的游猎民族在现代文明的侵蚀下的变化。

这种叙事看似主观的感受，却简洁地反映了额尔古纳河右岸地区百年的环境变迁，是对现代文明的批判与反思，表现了鄂温克民族顽强的生命力，体现了其和谐友善的待客态度和悲天悯人的人道情怀，更是传统生产模式在现代文明侵袭下瓦解的一种挽歌，这就是历史事实，充满了复杂性。叙述中有大量的地方性知识，包括渔猎的技巧、民俗信仰、部落组织、族际关系、恋地情节等。

《额尔古纳河右岸》以边疆三少数民族之一的鄂温克族某部落为

原型，塑造了部落的英雄，强调了萨满信仰、图腾禁忌、各种习俗仪式等民俗现象，并且向读者展示了鄂温克民族与其他民族之间的文化互动。这种文化交流既有交融，也有拒斥，还存在着涵化。

"娜杰什卡是个俄国人，她跟伊万在一起，不仅生出了黄头发白皮肤的孩子，还把天主教的教义也带来了。所以在乌力楞中，娜杰什卡既跟着我们信奉玛鲁神，又朝拜圣母。"❶ 这充分体现了边疆民族在宗教信仰方面的某些特点，文化能够出现交融是因为地理环境的相似性，相似的生活生产模式进而形成一些生活习俗的相似性，如"鄂温克族和俄罗斯斯拉夫民族对白桦树有着大致相同的情结，根源在于俄罗斯的大部分地区与鄂温克族生活地区大致相同，他们均处在高纬度地区，与桦树林资源丰富有关"❷。生存环境相似性促成了文化交流过程中的交集，进而促成文化交融现象，这种交融是文化的一种相互接受，基础是共同的风俗习惯。但这种交融并不是一种文化的同化、融合，仅仅局限在局部。例如，在对纳杰什卡的态度上，伊芙琳存在着偏见，但这种偏见并不来源于臆想，而是基于历史文化的某种积淀，最终形成了刻板印象，"我还记得当我和娜拉跑到河对岸的时候，被依芙琳给喊了回来。她对我说，早晚有一天，娜杰什卡会把吉兰特和娜拉带回左岸的"❸。娜杰什卡案例是一种印证民

---

❶ 迟子建. 额尔古纳河右岸[M]. 北京：人民文学出版社，2010：11.

❷ 李颖. 俄罗斯斯拉夫文化与鄂温克文化关系研究——以《额尔古纳河右岸》为研究对象[J]. 满语研究，2017（2）：138.

❸ 同❶.

第六章 迟子建的满—通古斯文化书写

族文化交流过程中交融的活化石,它证明民族的融合是一个漫长的过程。

在作品中呈现出的文化拒斥现象主要是鄂温克民族传统文化的主体性呈现,主要表现在以下两个维度:对侵略者的文化抵抗,主要是对沙俄侵略者的抗争,这种抗争是通过间接的叙述、追叙的形式表现出来的;对日本侵略军的抗争,这主要通过尼都萨满捍卫部落尊严来表现的。作品并没有直接交代神道教信仰与鄂温克萨满信仰的直接冲突,而是间接通过吉田与尼都萨满之间的打赌、尼都萨满的"神迹显现"来表现的。尼都萨满的怪异形象使吉田格外惊诧,当他了解到尼都萨满是神,而且能治病的时候,他提出了让尼都萨满立即让他腿上的伤口消失,如不能就要尼都萨满下跪道歉,其意在借此从信仰上征服鄂温克部落。为保护族群,向日本人彰显神迹,尼都萨满"跳神"让吉田的伤口结痂,同时让吉田的战马瞬息倒毙,最终他自己的生命也终结在这次行神迹的过程中。然而,尼都萨满却赢得了部落人对他的崇敬,同时也在心灵上征服了像吉田这样的侵略者,此后吉田多次帮助部落的人从困境中解脱。

拒斥关系在所有的异质文化中均有体现。例如,俄国商人在和山下汉族人的交往中存在着一些因信仰文化差异带来的拒斥,但强烈的拒斥源自外来力量对民族传统文化的巨大破坏,对民族安全的巨大挑战。文化拒斥既有外来异质文化的拒斥,也有现代科技文明对传统文化冲击带来的反作用力,如当现代医学进入鄂温克族人生活，很多人显示出来的是拒斥，是对即将消亡的文化的一种捍卫。

一个民族世界观的形成，是一个缓慢的演变过程，在信仰维度，一个文化或社会信仰系统的中心，具有普遍或恒久的部分，通常称为"世界观"，这个世界观是一个文化价值系统的根基。额尔古纳河右岸自然、文化生态环境孕育了鄂温克族人原始的文化形态，这种形态伴随着现代文明的不断侵蚀，在历史变迁中不断演变，但相对稳定的是他们对自然的依赖而产生的信仰，即与中原民族相类似的天人合一的生态意识，这种意识是他们参与区域文化融合的基点。

自《额尔古纳河右岸》问世以来，学界十分重视小说文本的文化人类学价值。这部作品的创作基于民族志调研，将大量的地方知识融入文学之中，是这部作品诗学构化的特点。首先，小说对"萨满"和"萨满文化"的颂歌、挽歌构筑了神秘与激情，从神话原型的溯源，到萨满事迹的文化书写，是鄂温克民族志的基调，图腾、萨满教、多神崇拜、万物有灵等关键符号的鲜活演绎给读者以新奇感，并且打破了对传统概念的文化刻板印象。其次，女性叙事视角的细腻性，成就了文本民族志的激情演绎，叙述者将历史事件与部落生活中的事件有机结合起来，从微观视角加以叙述，所记录的正是生活体验的历史。另外，对边界地区民族文化交融、拒斥现象进行情景描绘，在增强作品情节色彩的基础上，分析了民族文化交流的不同表现及其深刻内涵，极具民族学的参考价值。

第六节　满—通古斯语族萨满神异行为书写

萨满所具有的神异功能，其中很重要的一项就是治病救人。因此，萨满治病救人的故事典型地存在于满—通古斯语族各民族的神话、故事、史诗之中。在东北作家群生活的童年、少年时代，萨满跳神"作为一种普泛化、经常化的宗教信仰活动和生活方式，不知不觉地以其形象性和神秘性进入他们的心灵并进而凝聚、积淀在他们的文化心理结构中"❶。因此，我们从东北作家群的小说中，经常可以读到已经广泛地影响东北人生活方式和民风习俗，并成为人们精神生活一部分的萨满文化。来自满—通古斯语族居住核心区域大兴安岭的迟子建，其文学作品对萨满文化的理解和认识有着其他东北作家无可比拟的精神内驱。其笔下以萨满招魂为主要方式的满—通古斯语族的萨满治病，具有丰富的文化内涵，与其他东北作家小说中的"跳大神"治病有着本质上的区别，其独特的文化核心值得我们深入地探讨和研究，以揭示迟子建小说中满-通古斯语族萨满招魂背后深层的精神意蕴。

作为产生于人类童年时期的自然宗教，萨满教是建立在原始渔猎经济基础上，集自然崇拜、图腾崇拜、祖先崇拜于一体的原始宗教，以泛神论和万物有灵论作为其哲学观念和思想基础。萨满是具有通

---

❶ 逄增玉. 黑土地文化与东北作家群 [M]. 长沙：湖南教育出版社, 1997: 154.

神能力、能够通过某种方式与各类神灵沟通的人。借助神灵的帮助，萨满可以到不同层面的精灵世界去旅行。萨满活动的目的包括医病、驱灾祈福和预测占卜人们需要解决的各种问题。纵观萨满教文化的全部内容，萨满治病是其中最为显著的特征。萨满治病，主要通过两个途径，一是跳神除魔的宗教法术；一是在长期的生产生活实践中世代总结、积累的医疗经验和土医土药疗法。严格说来，前者属于萨满的宗教职能，后者则是其社会职能。❶

萨满"跳神"治病救人的依据是萨满教的灵魂观念。在萨满教里，灵魂观念的表达很难找到抽象的说明，人们称呼灵魂多指具体的东西，如小孩的灵魂、有病的灵魂、被吓跑的灵魂、死亡者的灵魂等，因此灵魂观念是描述性的。换言之，通过灵魂的具体活动形式和存在状态表达灵魂意义是萨满教灵魂观的主要特点。❷萨满教认为如果一个人的灵魂受到伤害或者走失，就会导致生病或死亡，而萨满"跳神"治病就是要把这些受到伤害或走失的灵魂给挽救或寻找回来，达到治病救人的目的。招魂在萨满教世界中具有普遍意义。招魂不仅针对未成年的儿童，对经常患病者、重病者也常施行招魂术。因此，招魂是常见的萨满治病手段，也是印有萨满文化痕迹的文学作品中最为常见的母题。

既然萨满教的典型观念认为人生病是因为失魂所致，那么治病

---

❶ 郭淑云. 萨满的社会职能 [J]. 黑龙江民族丛刊, 1991（4）: 74–78.
❷ 孟慧英. 中国北方民族萨满教 [D]. 北京: 中国社会科学院研究生院, 2000: 75.

第六章 迟子建的满—通古斯文化书写

与招魂也就必然联系在一起了。它的主要程序是病人濒于死亡，祈请萨满招魂，萨满通过"跳神"将病人的灵魂召回病人体内，病人得以康复。❶迟子建在她的长篇小说《伪满洲国》《额尔古纳河右岸》中，都有对满—通古斯语族萨满招魂的叙述。在《伪满洲国》里，

紫环在八月的一个午后，忽然发现摇篮里的除岁一阵惊悸。她连忙抱出孩子，将他的身子贴在自己的胸口。然而除岁仍然一耸一耸地抖着肩膀，似乎害冷的样子，脸色煞白。❷住在附近的鄂伦春族女人对紫环说，也许她抱着孩子坐了门槛或者木墩、石头，神仙怪罪下来了，来索除岁的命，并给紫环介绍了一位给小孩儿驱鬼招魂最为灵验的老萨满。老萨满在夜间为除岁跳神治病时唱起了沉郁的神歌：

孩子呀孩子，波八列，

……

你千万别到黑暗中去，

你千万别害怕鬼魔，

……

你摇车里有三个小人保护你，

你摇车里有鼠有鸟保护你，

---

❶ 慧音.萨满医疗母题浅析[J].民族文学研究，1994（4）：10–13.
❷ 迟子建.伪满洲国·上卷[M].北京：作家出版社，2000：231.

孩子呀孩子。❶

老萨满跳过神后，开门对紫环说："掌灯吧，他的魂儿回来了。"紫环和胡二连忙进了地窨子掌灯去看孩子，除岁果然没事了，他咯咯笑着望着父母，还不时把大拇指放到嘴里去吸吮。❷

在《额尔古纳河右岸》中，迟子建塑造的两个鄂温克族萨满——尼都萨满与妮浩萨满的形象贯穿整部长篇。文中共出现了四次萨满招魂救人的情节，分别是尼都萨满为救列娜的"跳神"招魂；妮浩萨满为了挽救何宝林高烧不退的儿子、为了让"马粪包"吐出卡进喉咙的熊骨、为了让偷驯鹿的少年起死回生而进行的三次"跳神"招魂。文中的"跳神"招魂过程都是一笔掠过，没有进行详细叙述，也没有提及萨满招魂时吟唱的神歌。但是，妮浩萨满在每次因救治别人而失去自己孩子的时候，都要为已逝的孩子唱神歌：

孩子呀，回来吧，

你还没有看到这个世界的光明，

就向着黑暗去了。

……

没有你，狼就会伤害

驯鹿那美丽的犄角。❸

---

❶ 迟子建. 伪满洲国·上卷[M]. 北京：作家出版社，2000：232–234.
❷ 同❶235.
❸ 迟子建. 额尔古纳河右岸[M]. 北京：北京十月文艺出版社，2008：194.

第六章 迟子建的满—通古斯文化书写

每个人从出生之日起，就要依靠汲取其所处环境中的文化营养成长，因此成年后必然要带上他所属文化的烙印。鲁迅先生曾说过："倘要论文，最好顾及全篇，并且顾及作者的全人，以及他所处的社会状态，这样才较为确凿。"❶ 迟子建的故乡地处大兴安岭，正是我国萨满文化的核心区域，大兴安岭特有的自然地理环境、奇异的民风民俗及悠久的萨满文化混合形成的人文精神哺育了迟子建，童年的记忆流淌在迟子建的心灵河流中，进而凝聚在她的文化心理和审美意识里。迟子建在讲述创作鄂温克族一个部落近100年历史的《额尔古纳河右岸》时说："好在我熟悉那片山林，也了解鄂温克与鄂伦春族的生活习性，写起来没有吃力的感觉。"❷

迟子建虽然没有直接谈过萨满教对自己文学创作的影响，但她曾说："其实我们身边一直存在着神性世界，只可惜我们大都长着混沌的眼，发现不了它！而我愿意把这样一个世界呈现给读者。"❸ "萨满身上所发生的神奇的法力，比如说能在'跳神'时让病入膏肓的人起死回生等事例，已经屡见不鲜。既然大自然中有很多我们未探知的奥秘，我们就不能把萨满的存在看成一种'虚妄'。"❹ 因此，

---

❶ 鲁迅. 鲁迅全集（第六卷）[M]. 北京：中国文史出版社，2002：272.
❷ 迟子建，胡殷红. 人类文明进程的尴尬、悲哀与无奈——与迟子建谈长篇新作《额尔古纳河右岸》[J]. 艺术广角，2006（2）：34.
❸ 王晓君，迟子建. 迟子建：我们身边一直存在神性世界[N]. 中国图书商报，2008-07-15（5）.
❹ 同 ❸.

对生活在这方广受萨满文化浸润的黑土地上的迟子建来说,笔下的万物自然充满了神性和灵性的光辉,东北地区的山川河流、花草树木等一切自然物象,都展现着人的情感和神的灵性,这无疑是萨满文化对迟子建创作产生潜在影响的一个有力的佐证。

迟子建是一个热爱大自然、歌咏大自然的作家。生长在萨满文化核心区域的迟子建,对以万物有灵为思想意识基础的萨满文化表现出浓厚的兴趣和持久的热情。她一直热爱广受萨满文化浸润的故乡的人文风情,作品中时刻流露出对那片土地挥之不去的深深依恋之情和对流逝的诗意生活的追忆,由此转化为对原始、质朴的萨满文化背后精神内涵的深度发掘。迟子建在近几年的文学作品中也呈现了大量的原汁原味的萨满文化元素,如长篇小说《伪满洲国》《额尔古纳河右岸》,中篇小说《布基兰小站的腊八夜》,短篇小说《西街魂儿》等。

在漫长的历史时代,萨满文化在东北民风民俗中已成为一种特色鲜明的地域文化。这种文化长期浸润着东北作家,因而在东北作家群的小说创作之中,萨满教文化影响的痕迹是非常明显的。

迟子建在谈到《额尔古纳河右岸》的创作时说:"我在作品中塑造的两个萨满,贯穿了整部长篇。尼都萨满和妮浩萨满的命运都是悲壮的。我觉得身为萨满,他(她)就是宗教的使者,他们要勇于牺牲个人身上的'小爱',获得人类的'大爱',这也是世界上任何

一种宗教身上所体现的最鲜明的一个特征。"❶

萨满文化是满—通古斯语族传统文化的历史积淀和文化痕迹，是渗透到满—通古斯语族各民族生活中最具代表性的民族文化。纵观萨满文化的全部内容，萨满治病是其中最为显著的特征，而萨满追魂则是萨满治病的最常见手段，是萨满教的主要宗教行为之一。萨满追魂母题涉及了萨满教的两个核心领域——萨满的精神活动与人们的文化解释。迟子建的文学作品多次对濒于衰亡的萨满追魂母题进行文学阐述，是对萨满文化中积极健康精神意蕴的深度挖掘。正如迟子建所说："我其实想借助那片广袤的山林和游猎在山林中的这支以饲养驯鹿为生的部落，写出人类文明进程中所遇到的尴尬、悲哀和无奈。"❷

迟子建在其文学创作中，除描写满—通古斯语族萨满治病救人的神异功能外，还在长篇小说《额尔古纳河右岸》和中篇小说《布基兰小站的腊八夜》中对满—通古斯语族萨满的超自然行为作了淋漓尽致的渲染和富有诗意的叙述，这些超自然行为主要有祈雨和咒语。这两部小说中，都有萨满祈雨的故事情节。在《额尔古纳河右岸》中，迟子建描写了以下情节：

直升飞机在空中飞来飞去，进行人工降雨。然而云层厚度不够，

---

❶ 迟子建，胡殷红. 人类文明进程的尴尬、悲哀与无奈——与迟子建谈长篇新作《额尔古纳河右岸》[J]. 艺术广角，2006（2）：34.
❷ 同❶.

只听到雷一样隆隆的响声，却不见雨落下。

妮浩就是在这个时候最后一次披挂上神衣、神帽、神裙，手持神鼓，开始了跳神求雨的。她的腰已经弯了，脸颊和眼窝都塌陷了。她用两只啄木鸟作为祈雨的道具，一只是身灰尾红的，另一只是身黑额红的。她把它们放在额尔古纳河畔的浅水中，让它们的身子浸在水中，嘴朝天上张着，然后开始跳神了。

妮浩跳神的时候，空中浓烟滚滚，驯鹿群在额尔古纳河畔垂立着。鼓声激昂，可妮浩的双脚却不像过去那么灵活了，她跳着跳着，就会咳嗽一阵。本来她的腰就是弯的，一咳嗽，就更弯了。神裙拖到了林地上，沾满了灰尘。我们不忍心看她祈雨时艰难的样子，于是陆陆续续来到驯鹿群中央。除了依莲娜和鲁尼，谁也没有勇气把祈雨的仪式看完。妮浩跳了一个小时后，空中开始出现阴云；又跳了一个小时后，浓云密布；再一个小时过去后，闪电出现了。妮浩停止了舞蹈，她摇晃着走到额尔古纳河畔，提起那两只湿漉漉的啄木鸟，把它们挂到一棵茁壮的松树上。她刚做完这一切，雷声和闪电交替出现，大雨倾盆而下。妮浩在雨中唱起了她生命中的最后一支神歌。她没有唱完那支歌，就倒在了雨水中。

额尔古纳河啊，

你流到银河去吧，

干旱的人间……❶

---

❶ 迟子建. 额尔古纳河右岸[M]. 北京：北京十月文艺出版社，2008：239-240.

从上述文本可以看出,"山火熄灭了,妮浩走了。她这一生,主持了很多葬礼,但她却不能为自己送别了"❶。她履行了初当萨满时的诺言:"一定要用自己的生命和神赋予的能力保护自己的氏族,让我们的氏族人口兴旺、驯鹿成群,狩猎年年丰收。"❷

在现代人看来,萨满"跳神"治疗患者和使用咒语惩治恶人简直是荒诞不经的。另外,众所周知,降雨是自然现象,雨不是能够求来的,求雨是古人对于大自然认识能力和改造能力极为低下时为获得降雨经常采取的迷信方法。然而,迟子建却在小说中多次引入了萨满超自然行为的故事因子,这样的情节设计除有利于人物性格刻画和故事情节的推动外,在看似荒诞的背后清晰地透射出鄂温克族人和鄂伦春族人的精神本质及与其生存的大自然早已达融为一体。

当然,对于萨满的超自然行为的合理性,单从观念的层面来理解是难以接受的。但是,对于一部文学作品来讲,艺术想象是文学创作中最耀眼的因素。而在以满—通古斯语族作为创作背景的小说里,萨满超自然行为的出现比较符合艺术创作的规律,同时也更容易唤起读者的共鸣,体现作品的深层寓意。因此,小说中萨满的超自然行为非但不会干扰读者对迟子建文学作品艺术性的感受,反而可以增强读者内在的感受,并深刻地体会文字背后对人与自然和谐共存的思考。

---

❶ 刘春玲,隋琳.迟子建小说中满—通古斯语族萨满超自然行为的解读 [J].大连大学学报,2010(2):52.

❷ 迟子建.布基兰小站的腊八夜 [J].小说月报,2008(9):4.

后 记

本书由笔者主持的黑龙江省哲学社会科学研究规划项目"满—通古斯文化与现当代东北文学研究"、黑龙江省艺术科学规划项目"'一带一路'下东北边陲满—通古斯艺术文化研究"、黑龙江省哲学社会科学研究规划项目"地域文化视域下东北女性文学研究",以及黑龙江省教育厅项目"满—通古斯文化视域下的迟子建小说研究"的研究结果整合而成。

中国自古就是一个统一的多民族国家,满—通古斯语族和全国各民族一起创造了辉煌灿烂的中华文化。本书主要对当代东北文学的满—通古斯文化书写展开研究,注重对当代东北文学中的满—通古斯文化进行整体性的梳理和归纳,探讨了满—通古斯文化对当代东北文学创作的影响,探究了当代东北文学中满—通古斯文化的价值取向和审美蕴涵,全面解读了满—通古斯文化对中国传统文化的文化坚守和文化自信,在文学领域内构筑起了一座满—通古斯文化与现代文化之间的文化桥梁,从而有助于对当代东北文学更全面而中肯地进行评价。

在思想和内容等方面,本书取得了两个方面的研究进展:第一,在文学创作领域拓宽了满—通古斯文化局限于民族文学的研究范畴；第二，在地域文化领域拓展了当代东北文学局限于萨满文化的探求视域。本书通过对当代东北文学中满—通古斯文化的内涵、传承、创新、传播与价值的研究，使满—通古斯文化得以在文学视域内原生态地展现出其固有的特点与魅力，并在唤醒其历史记忆与文化生命的同时，为满—通古斯文化价值的传承与发展进行了有益的探索。因此，对当代东北文学满—通古斯文化书写进行研究既能折射满—通古斯文化经凝练和重构后的精神意蕴，又能丰富当代东北文学的研究维度和文化内涵。

本书还有很多不足之处，恳请学界同人批评指正。

刘春玲
2022 年 10 月